BBULMEDIA

http://www.bbulmedia.com

신의 반란

신의 반란

1판 1쇄 찍음 2014년 4월 2일
1판 1쇄 펴냄 2014년 4월 7일

지은이 | 산수화
펴낸이 | 정 필
펴낸곳 | 도서출판 뿔미디어

편집장 | 이재권
기획 · 편집 | 윤영상

출판등록 | 2002년 9월 11일 (제081-1-132호)
주소 | 부천시 원미구 상3동 533-3 아트프라자 503호 (우)420-861
전화 | 032)651-6513 / 팩스 032)651-6094
E-mail | bbulmedia@hanmail.net
홈페이지 | http://bbulmedia.com

값 8,000원

ISBN 979-11-7003-306-6 04810
ISBN 978-89-6775-939-1 04810 (세트)

신의 반란 〈완결〉

5

반란의 종결

산수화 판타지 장편 소설

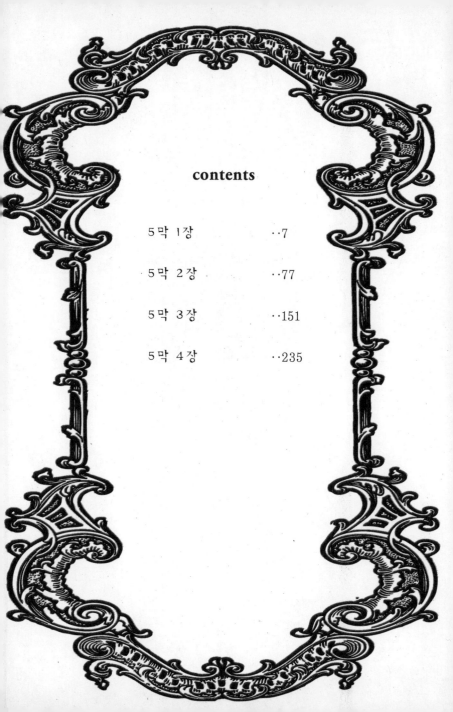

contents

5막 1장

"멸망의 시작이란 언제나 탄생의 시작과 운명을 같이 한다.

멸망과 탄생은 동전의 앞뒷면과 같으며 절대로 마주할 수 없는 숙명으로 존재하지만 마주할 수 없기에 항상 함께 존재할 수밖에 없기도 하다. 모순이라 볼 수 없는 이 모순은 신의 섭리로도 설명하기가 난해하다.

확실한 것은 얇디얇은 동전의 모서리가 매번 흔들리는 땅에서 중심을 잡을 수 없다는 것. 어느 쪽으로든 기울어질 수밖에 없으니 자연은 항상 수많은 탄생과 수많은 종말로 목욕재계를 반복한다.

어떤 못된 이의 장난이었든 자연의 분노이었든…… 용은 멸망했다. 그것은 또 다른 종의 탄생을 약속하며 동시에 다시, 어떤 종의 멸망을 다짐하는 자연의 엄포와 같으리라.

그 멸망의 시기를 앞당기는 것은 '오만'이고, 멸망의 시기를 뒤로 미루는 건 '겸허'다.

그러나 결국 '겸허'이든 '오만'이든 세상 모든 종은 언젠가 멸망한다. 그것을 애석하게 생각할 사람들이 많겠으나 또 다른 종의 탄생을 위한 거름이라 생각한다면 그리 억울하진 않으리라.

그래서 나 역시, 언젠가 멸망을 맞이하게 될 우리의 후손들에게 안타까움보다 기대감을 가진다. 적어도 누군가를 위해 스러지는 것만큼 위대한 것이 없으니까.

그것을 오만이라 생각해도 어쩔 수 없다. 멸망과 탄생은 곧 절망과 희망의 다른 이름이다. 우리는 태어날 때부터 절망을 향해 질주했고 한 줌 흙으로 돌아갈 때가 되어서야 비로소 희망의 불씨를 틔운다. 난 그렇게 믿는다."

—신수마부의 명언 중—

"총교장님! 저, 저것은……?!"

"도대체 이게!"

배도도는 당황했다. 그리고 고람 역시 그의 당황함을 보지 못할 정도도 당황했다.

그럴 수밖에 없었는데, 세상에 아무리 경험 많은 전사라 할지라도 땅에서 느닷없이 튀어나와 반쯤 썩은 몰골로 사람들을 향해 이빨을 들이미는 망자(亡者)의 모습을 본다면 당황할 것이다.

당황을 넘어선 공포가 확산되는 속도 역시 무자비할 정도로 빨랐다.

고람은 이 어처구니없는 사태에 칼조차 들지 못
하는 스스로에 대해 큰 애석함을 느끼진 않았다.

현자성 뒤편, 지혜 있는 학자들의 무덤을 만든
그들은 죽은 자를 공경하여 매년 그들을 위해 추도
사를 읊었다. 그것은 전통이고, 예법이라 할 수 있
었다.

문제는 공경을 받아 마땅한 죽은 이전의 현자들
이 마치 무엇에라도 씌인 듯 서서히 일어나고 있는
상황 자체에 있었다.

떠들썩하니 땅이 갈라지는 소리가 먼저였고, 새
하얀 백골의 손이 튀어나온 건 둘째였으며, 당황과
공포가 목적 없이 달리는 건 마지막이었다.

비교적 죽은 지 얼마 되지 않은 이들은 구더기가
들끓어 썩어 가는 살점을 세상을 향해 자랑하며 일
어났다.

이미 옛날에 죽어 땅을 향해 거름이 되어야 마땅
할 망자들은 완전한 백골로 화하여 일어났는데 어떠
한 대단한 무기를 쥐지 않았음에도 위협적이었다.

이 이치에 따르지 않은 괴이한 몰골의 괴물들을
보며 수많은 학자들이 비명을 질렀다.

다른 어떤 성들보다도 큰 무기를 쥔 현자성은 그 무기의 이름을 지혜와 학식으로 불렀지만 실상 병력이라는 측면에서 보자면 아무것도 기대할 게 없는 것 또한 사실.

그나마 망자들의 걸음걸이가 둔해서 다행이었지 만약 그러지 못했다면 이미 수많은 학자들이 목숨을 잃었을 것이다.

겁에 질려 그 자리에 쓰러져 벌벌 떠는 학자들 세 명이 선대 학자들에 의해 죽임을 당하는 광경은 실로 끔찍했다. 새하얀 뼈로 이루어진 백골들의 손은 학자들의 눈을 파고 목을 찢고 뱃가죽을 뚫었다.

살아난 선대 학자들의 숫자는 가히 수백에 달했다.

어떻게 움직일 수 있느냐는 둘째였다.

기가 차서 말조차 나오지 못했던 고람은 이내 사태의 급박함을 깨닫고 재빨리 허리춤에서 칼을 뽑았다.

여기서 어떻게 이런 일이 일어나느냐, 저들을 어떻게 상대하느냐 하는 물음 따위는 절대로 필요하지가 않다.

우선은 학자들부터 구하는 게 먼저였다.

"으아아!"

노전사의 우렁찬 기합성은 사위를 진동케 하는 호랑이의 포효와 닮아 있었다.

장대한 덩치와 쩌렁쩌렁한 외침으로 선대 학자들의 시선을 한 번에 끌어 버린 노전사는 빠르게 달려 나가 칼을 휘둘렀다.

백골들이 부서지고 있었다.

푸석푸석 알아서 부러지는 백골도 있었고, 나름의 저항을 하는 백골들도 있었다.

그러나 시간의 문제일 뿐, 기합이 들어간 노전사의 칼은 가리지 않고 그들을 부숴 냈다.

하지만…… 숫자가 너무 많았다.

아무리 느릿하고 부수기 쉬운 백골들이라지만 오로지 고람을 위해서만 다가오는 그들의 모습은 기합을 날려 버릴 정도로 공포스러웠다.

일단 외관부터가 정상적이지 않은 그들은 기어서, 뛰어서, 걸어서 고람에게 향했다.

두터운 정신력과 나이에 맞지 않은 전투력, 경험

에서 나오는 강렬한 기세를 고루 갖춘 고람도 안색이 창백해질 수밖에 없었다.

사람에게는 분위기라는 것이 있다.

말하지 않아도 그저 존재하는 것만으로 사방으로 쏘아 대는 분위기.

둔한 사람은 느끼지 못하지만 눈치가 빠른 사람들은 누구에게나 고유의 분위기를 읽을 수 있을 것이다.

죽은 시체에서나 느낄 법한 이질적인 분위기는 고람 역시 많이 느껴 보았다.

그러나 그런 이질적인 분위기를 타고 일어서서 살아 있는 것처럼 행동하는 그들의 악의란, 세계 최고의 전사라는 몰란덱을 키워 낸 고람조차 감당하기 힘든 것이었다.

'도대체 이게 무슨 사태란 말인가?'

일단 이들을 제지하는 게 목적이었지만 싸우면 싸울수록 이런 생각이 들 수밖에 없었다.

그것이 고람의 집중력을 끊임없이 무너뜨리려 애썼고 동시에 몸에 밴 전투 속 버릇은 그의 집중력을 뒤에서 떠받쳐 주고 있었다.

그러나 시간이 지날수록 고람은 세태가 불리하게 돌아가고 있다는 걸 깨달았다.

물론 전사로서 가진 그의 투쟁력이라면 이곳에 있는 저주 받은 시체들을 모조리 베고 부술 수 있을 터.

시간만 있다면, 그리고 그들 전부가 자신에게만 다가올 수 있다면 분명 그는 그리할 수 있다고 자신한다.

문제는 어마어마한 숫자의 망자들이, 고람의 칼날 아래 부서지는 걸 목격하자 이내 사방으로 흩어진다는 사실에 있었다.

사방으로 흩어진 망자들의 총공세는 고람 한 명의 몸으로 막기에는 지나치게 무리였다.

개개인의 무력과 단체의 무력.

다소 용기가 있는 현자성의 학자들이 각기 무기라고 판단되기에 의심스러운 것들을 쥐고 망자들에게 휘둘렀지만, 차라리 도망치는 게 낫다 싶을 정도로 형편없는 짓이었다.

조금이라도 칼 휘두르는 법을 배웠다면 마치 종이에 붓을 놀리는 듯한 저 괴상망측한 휘두름은 나올 수가 없을 것이다.

결국 망자들에게 덤볐던 학자들은 망자들의 엄청난 공세에 목숨을 잃었다.

고람의 얼굴에 절망이 떠올랐다.

"모두 도망치시오! 함부로 덤비지 말란 말이오!"

그때였다.

뒤로 물러서던 학자들의 얼굴이 다시 한 번 하얗게 질려 갔다.

이제는 살아 있는 학자들조차 시체처럼 보일 만큼 완전히 핏기가 사라진 모습에 고람은 어리둥절했다.

그러나 그 역시, 곧 학자들의 안색처럼 변할 수밖에 없었다.

부서지고 찢어지고 망가졌던 백골들이 천천히 움직이며 다시 뼈를 맞추었다.

보고도 믿기지 않는 광경은 상대로 하여금 완전하게 전의를 잃게 만드는 기묘한 힘이 있었다.

죽여도 죽지 않는 자들.

한 번 죽었음에도 다시 세상의 빛을 보기 위해

나온 존재들.

한때는 조상처럼 모셨던 망자들을 향해 참람하지 않으면서도 참람된 칼을 꺼낸 이들은 진정한 절망을 맛보고야 말았다.

현자성은 물론 세상 전역에서 일어난 시체들의 공세.

모든 인간들을 향해 준엄한 일통을 지르는 자연의 고약한 외침이었다.

인류 멸망이 시작되려 하고 있었다.

‡　　‡　　‡

차을목은 영혼이 빠져나간 듯한 몸을 이끌고 성주의 침실로 향했다.

성주의 침실은 여전히 휘장이 쳐져 있어 안이 제대로 보이지 않았다.

"차을목인가?"

"……그렇습니다, 성주님."

"목소리에 힘이 없구나. 무슨 변고라도 생긴 것인가?"

변고 중에서도 최악의 변고가 생겼다고 차을목은 외치고 싶었다.

그 변고 때문에 당신과 나의 모든 꿈이 깨져 버리고 있다며 소리치고 싶었다.

하지만 차을목은 자제했다.

꿈과 인생을 동일시 해 버린 극단적인 삶을 살아가는 차을목이었지만, 그래서 당장에 자살이라도 하고 싶은 생각이 간절한 그였지만, 말도 안 되는 사태가 일어난 작금의 상황은, 애초에 하려던 자살조차 생각나지 못하게 막아 내는 놀라운 작용을 했다.

"성주님."

"왜 그러느냐? 큰일이라도 터진 모양이다. 숨기지 말고 말해 보라."

어디서부터 설명을 해야 하는지 처음에는 당황스러웠다.

하지만 일단은 급한 불부터 꺼야 하지 않겠는가. 그러면서도 차을목의 눈동자에 생기가 없다는 것

은 그만큼 그가 받은 충격이 어마어마하다는 뜻이
기도 했다.

"지금, 지금 세상이 미쳐 돌아가고 있습니다."

"무슨 뜻이냐? 제대로 설명해 보라."

"시체들이, 시체들이……!"

"시체들이 뭐 어쨌단 것이지?"

"우리가 장사를 지내고 묻어 주었던 모든 선대
의 시체들이…… 무덤을 뚫고 일어나 병사들을 공
격하고 있습니다. 마치 신의 저주가 내린 것처럼
믿을 수 없는, 끔찍한 사태가 일어나고 있습니다."

성주의 목소리는 이어지지 않았다.

차을목은 천천히 조아렸던 고개를 올렸다.

텅 빈 듯한 그의 눈동자 속에는 차갑고도 공허한
빛깔이 맴돌다, 맴돌다…… 사라졌다.

그의 눈에는 아무것도 없었다.

지금 자신이 왜 움직이는지조차 모르는 듯싶었
다.

그래서 급박한 작금의 상황을 알린 후 성주의 대
답조차 듣지 않고 일단 옮겨야 했음을, 그는 떠올
리지 못했다.

뒤이어 터진 성주의 목소리는 여전히 힘이 없었지만 묘한 날카로움을 담고 있었다.

"시체들이 일어났다? 믿기가 힘들지만 네가 올 정도라면 거짓은 아니겠지. 그리고 평범한 일 또한 아니지. 하지만 네게는 어떠한 급박함이 없구나? 그런 믿기지 않는 사태가 일어난 현재에, 너처럼 허탈하게 말하는 사람은 둘 중 하나. 이보다도 더한 충격이 있거나 혹은 완전히 모든 것을 포기했거나. 하지만 난 너를 안다. 넌 자신이 먼저 뭔가를 포기할 녀석은 아니야. 그렇다면 남은 가능성은 한 가지뿐이겠지? 도대체 무엇이 너를 그리도 충격에 물들도록 만든 것이냐? 나에게 말하지 않은 어떠한 일이, 너에게 그리도 절망을 안겨 준 것이냐?"

차을목의 머리가 순간 차가워졌다.

여전히 병세가 깊어 나른하기 짝이 없는 성주의 목소리였다.

하지만 분위기가 달랐다.

날카롭고도 은근한 위엄이 서린 성주의 음성은 과거, 누구보다 많은 나이였음에도 손짓 한 번에 귀족성 전체를 움직이게 만들었던 그때의 그를 떠올리게 만들었다.

가장 귀족다웠던 귀족.

아는 사람은 거의 없지만 판주아 왕국의 마지막 대장군의 후손으로서 지금까지 세상에서 가장 많은 나이를 가진 역사의 일면이 묻고 있었다.

아무리 급박한 사태가 흘러도 삽시간에 사건을 꿰뚫는 진짜 지혜의 눈. 성주는 그러한 눈을 가진 사람이었다.

아무 말도 하지 못하는 차을목에게 성주의 말이 이어졌다.

"네가 나를 알듯 나 또한 너를 잘 안다. 네가 나에게 말하지 못하는 것이라면 또다시 세 가지로 나눌 수 있음을 보여 준다. 첫째, 세력과 상관이 없는 지극히 개인적인 일로 인한, 예를 들면 숨긴 핏줄의 죽음이라든지 하는 인연으로써의 고민. 둘째, 귀족성의 모든 것을 잃을 수 있을 정도의 심각한 사태로써의 고민. 마지막으로 세 번째…… 앞의 두 가지는 아무런 상관이 없는, 오로지 개인의 욕망이 무산되었음을 암시하는 고민. 하나 핏줄에 흔들릴 것 같지는 않고, 시체가 일어난 당금의 사태

에 포기할 너도 아니니…… 결국 이유는 세 번째
일 확률이 다분히 높겠다.”

“……!”

모든 것을 전부 꿰뚫어 보는 성주의 안목.

병세 때문에 움직이지도 못하는 육신으로, 욕창
으로 인해 고통의 신음을 흘리는 감당할 수 없는
정신으로도 성주는 정확하게 차을목의 상태를 바
라보고 있었다.

차을목은 가슴이 시린 느낌이었다.

앉아서 수천 킬로미터 밖에 일어난 일까지 깨달
아, 지닌바 통찰력이 전무후무한 수준이라는 성주
의 눈은 아직까지 꺼지지 않았다.

그 멀리서 일어난 일들도 꿰차는 데 당장 옆에서
보좌하는 사람의 마음조차 모를 정도로 그는 무르
지 않았을 것이다.

“내 개인 서재에서 극비문서를, 내가 말하기도
전에 직접 보았던 것이냐?”

허점은 너무나도 확실히 드러날 때 더 이상 허점
이라 불릴 수가 없다.

그것은 온갖 표적의 약점이 된다.

차을목은 숨을 수도 없는 거대한 사막에서 막을
수 없는 수천 개의 화살이 몸에 꽂이는 환상을 보
았다.

차을목은 한때를 생각했다.

오로지 성주만을 모시던, 귀족성의 영광을 되찾
기 위해 동분서주했던 그때의 어린 나이.

그는 야망에 불타올랐다.

나라는 없어졌지만 혹시라도 세상에 다시 나라
가 나타나게 된다면 그 모든 영광의 자리에는 귀족
성의 귀족들이 들어서야만 하며, 자신은 왕이 되지
못하더라도 왕의 최측근으로서 막강한 권력을 가
질 대신(大臣)이 되기를 고대했다.

그것은 마냥 꿈이 아니었다.

귀족성은, 성주의 강력한 위엄과 수완으로 다른
모든 성들보다도 큰 힘을 가진 세력으로 커졌으며,
써도써도 마르지 않는 보물을 가진 괴물과 같았다.

이 정도의 힘이라면 백성들을 설득하고 많은 성
들을 괴멸시키는 파격적인 수를 쓴다 해도 나라를
만들 수 있을 거라 그는 자신했다.

권력에 대한 욕구로 달려왔던 지난날들.

병세가 깊어도 대전에 나와 끊임없이 노력을 기울였던 성주는, 더 이상 움직이지 못할 정도로 깊어진 병세 때문에 자리에 누웠고, 그 모든 업무의 처리를 차을목이 맡았다.

차을목은 성주에게 배우고 익혔던 모든 정치적인 수완을 발휘해 차근차근 귀족성의 힘을 키워 냈다.

성주를 위해, 권력을 위해 깨어났던 그의 야망은 성주가 병세로 드러눕게 되자 오로지 자신을 위한 야망으로 변해 버렸다는 걸 깨닫게 되었다.

하지만 그에 대해 별로 애석함을 느끼진 않았다.

어차피 세상은 그러했다.

더러움이 판을 치는 세상, 더 나은 삶을 살기 위해서는 누구보다도 더러워져야 함이 마땅하리라.

천천히 성주의 측근들을 자신의 세력 안으로 품기 시작한 차을목은 이내 성주 개인 문서실까지 들어가게 되었다.

그리고 보게 된, 신화와도 같은 이야기들.

사람을 불로불사로 만들어 줄 수 있는, 도무지 어떤 문필가의 상상력으로도 함부로 쓰기 힘든 이야기들.

……그에 대한 구체적인 이야기와 생사목에 관한 이야기들까지.

워낙 충격적인 이야기라서 잊히지는 않았지만 그냥 특이한 이야기 정도로 치부하게 됨은 어쩔 수가 없었다. 애초에 말이 안 되는 것이었고 상식적이지 않은 이야기들이었다.

그곳에는 이렇게 쓰여 있었다.

육십 년 만에 한 번씩 피어나는 신령스러운 꽃. 신의 다른 이름으로 세상에 모습을 드러내는 화신(花神)은 지각없는 무지한 동물이 취하게 될 경우 잊힌 존재를 깨어나게 할 것이고, 지각 있는 자가 취하게 될 경우 영원한 젊음과 영원한 삶을 영위할 수 있을 것이다.

그러나, 애초에 지각없는 동물에게는 이성이 없으니 가능성 역시 존재하지 않으며, 식물이라면 신에 대응하는 꼴이 되기에 그 역시 가능하지 않다.

섭취를 한다면 오로지 지성이 깨어 있는 존재,

용이나 귀신, 인간만이 가능할 것이다.

하지만 화신 또한 신의 일부, 신의 일부를 섭취하면서 신성을 가진 신의 일부가 되는 것이 마냥 기쁘게 받아들일 일은 아닐 것이다.

화신이 깨어나게 될 때는 그만한 표식을 세계에 알리게 될 것인 즉, 억압하지 못한다면 화신은 다시 그림자 속으로 숨어들리라.

그러나 함부로 판단하여 화신의 분노를 사는 일은 없어야 할 것이다. 화신의 신성은 세계의 끝, 하얀 몸으로 자신을 치장한 생사신의 존재와 이어졌으니 평생 태어난 곳에서 짓밟히길 원하리라.

……신은 죽지 않는다. 다만 전이될 뿐이다.

마지막의 마지막 장에는 그런 글귀가 써져 있었다.

그 외에 글자가 더 있을 것 같았지만 빗물로 인해 흐려진 것인지 흐릿하여 도통 알아볼 수가 없었다.

당장 그게 중요한 건 아니었다.

도대체 이 글을 쓴 사람은 어떤 의도로 썼는지

이해할 수 없었다.

가서 취하라는 것인지, 건드리지 말라는 것인지 알 수가 없다. 그러나 당시의 차을목에게는 아무런 의미도 없는 글씨의 나열일 뿐이었다.

그리고 무하나비를 보게 되었다.

'화신이 깨어나게 될 때는 그만한 표식을 세계에 알리게 될 것인 즉⋯⋯.'

차을목은 자신이 판단할 수 없는 문제라고 생각했다.

아니, 판단은 할 수 있지만 숨길 수 없는 문제라고 생각했다.

그래서 성주에게 고했고 성주는 자리에 누운 이후 처음으로 몸을 일으켰다.

그때가 되어서야 성주는 차을목에게 생사목과 부활화에 관한 이야기를 건네 주었다.

그리고 그것을 취한 이후 함께 섭취하여 왕국을 세우고 만세를 누리자며 제안하였다.

자신을 섬기는 이에게 이와 같은 말을 한다면, 그것이 사실이든 거짓이든 대단한 신뢰의 표시가 될 수 있다.

성주는 그것을 노렸을 것이라 차을목은 생각했
다.

문제는 차을목이 절대로 성주와 함께 부활의 화
신을 취하지 않으리라 생각한 것이었다.

하나만 취해서 온전히 먹어도 불안하거늘 그것
을 왜 둘로 쪼개 함께 섭취한단 말인가?

차을목은 스스로 신이 되길 기원했다.

그 누구도 죽일 수 없는, 어떠한 것에도 구애를
받지 않는, 가장 신성하면서도 더러운 사람이 되기
로 작정했다.

'가장' 이라는 수식어가 붙기 위해서는 전제가
하나 필요한데 그것은 바로 복수, 둘 이상의 숫자
가 받을 수 없는 단수가 되어야만 한다는 것이다.
차을목은 그런 단수로써의 일인자가 되기를 열망
했고 바랐다.

그러나 아직까지 비밀리 세력을 쌓은 성주의 힘
은 차을목의 강력한 권력으로도 어찌할 수 없는 부
분이었고, 결국 둘은 머리를 맞대고 생각했으며,
이윽고 희망의 성 성주 고람과 현자성에 이 일을
비밀리 알렸다.

기밀문서의 일부만 보여 주며 일을 꾸민 귀족성의 두 괴물.

　그러나 괴물들의 합심은 애초에 바람직한 방향으로 나아갈 수가 없었다.

　서로 다른 두 노선을 걷는 괴물들의 바람은 최악의 형태가 되어 전면에 드러나고야 말았다.

　차을목은 더 이상 숨길 일도 아니라 판단했고 숨길 필요도 없다고 생각했다.

　"그렇습니다. 저는 예전에 그 문서를 보았습니다."

　둘 사이에 질식할 듯한 침묵이 맴돌았다.

　바깥쪽에서는 수많은 시체들과 병사들이 싸움을 벌이고 있겠지만 적어도 지금 이 방만큼의 살벌함으로 물들진 못했을 것이다.

　그만큼 성주가 은은하게 드러내는 위엄, 존재감은 대단했다.

　"왜 나에게 말하지 않았느냐?"

　"만약 제가 말을 꺼냈다면 성주님께서 저를 살려 두셨겠습니까? 진즉에 절 죽이셨겠지요. 이미 성주님을 추종하는 비밀 세력들이 모두 보고하지 않았습니까? 작금에 이르러 귀족성의 절반 이상의 세력을 제가 흡수했습니다. 모두 제 휘하지요. 설마 모른다고 말하진 마십시오."

부정할 수 없는 사실이었다.

성주는 침묵했다가 다시 입을 열었다.

"만약 네가 그것을 보았다는 사실을 바로 알렸다면 내치지 않았을 것이다. 하지만 중간에 들켰다면 너를 내쳤을 것이다. 다른 마음을 품고 있는 신하를 둘 수는 없는 일이니까. 너는 처음 보았던 순간부터 나에게 고했어야만 했다."

"하지만 저는 그러지 못했습니다. 그래서 계속 고하지 않았습니다. 성주님을 존경합니다. 저는 실로 그러합니다. 그러나 성주님의 성격을 저는 압니다. 이왕 이렇게 될 바에야 제 스스로 신이 되기를 바랐습니다. 그것이 잘못입니까?"

마지막에 와서는 거의 절규나 마찬가지였다.

조용한 절규, 고요한 울분과 차분한 슬픔이었다.

"잘못이 아니다."

놀라운 성주의 말이었다.

차을목은 습막이 차오르는 눈으로 성주의 침실

을 바라보았다.

성주의 목소리는 흔들림이 없었다.

"그것은 잘못이 아니다, 아니지."

"잘못이 아니라고요?"

"그렇다. 다시 한 번 말해 주랴? 그것은 잘못이 아니다. 공사는 구분을 해야만 하는 것이지. 내 화는 난다만 네가 잘못했다고는 생각하지 않아. 너는 야망에 불탄 정치가가 행할 일을 했을 뿐이다. 즉, 지극히 당연한 생존의 활로를 열고 있었던 것뿐, 그것이 불충하다거나 고약한 일이라고 나는 여기지 않겠다."

"하면 왜 이런……!"

"나는 너에게 처음으로 정치를 가르쳐 준 사람이다. 너는 그것을 훌륭히 사용하여 나의 휘하에서 귀족성을 위해 투신하는 사람들 절반을 네 수족으로 만들었지. 경탄할 만한 일이다. 그렇다면 묻겠다. 내 네게 처음으로 정치를 가르쳐 주며 했던 말을 기억하느냐?"

기억하지 않을 수 없었다.

지금 이 순간까지도 자신을 지탱해 준 말이었고,

성주를 배신했다는 고통 속에서 자신을 위안시킬 수 있었던 유일한 말이었기 때문이다.

"정치에는 적도 아군도 친구도, 더하여 위도 아래조차 없다."

"그렇다. 정치에 몸을 담은 순간부터 믿을 수 있는 건 자신의 지략과 직감뿐이다. 어디까지 사악해질 수 있는지, 어디까지 더러워질 수 있는지가 정치가의 힘을 판단할 수 있는 척도가 될 뿐. 한 수 앞을 내다보는 것 정도로는 안 돼. 모든 변수와 앞으로 일어날 모든 사건을 상정하여 일을 벌여야 하는 것이다. 그러지 못한 자는 어느새 자신의 무기가 되었던 권력과 지략으로 인해 무너지게 되는 것이지. 그래서 정치가 피곤한 것이야. 그 피곤함을 버틸 수 있는 자만이 정치가로서 온전히 성공할 가능성이 있다고 할 수 있다."

차을목은 입술을 깨물었다.

성주는 말을 이었다.

"나는 생각하지 못했다. 아니, 안 하려고 했다. 그래도 키운 정이 있고 가르친 정이 있어 너를 차마 의심하기 싫었던 게지. 그런 면에서 본다면 나 역시 권력을 탐하는, 정치를 하는 사람으로서 탈락이다. 하지만 최소한의 끈은 남겨 두고 싶었다. 나는 사적인 정 때문에 너에 대한 의심을 지우려 했지만, 동시에 최후의 끈 하나는 남겨 두었다. 지금 생각하니 그것이 참으로 다행이었구나."

최후의 끈.

차을목은 신음을 흘렸다.

최후의 끈을 남겨 두었다는 것은 즉, 성주 역시 자신을 의심하고 싶지 않았지만, 그의 본성을 알아 조치 정도는 취했다는 걸 뜻한다.

지금 성주는 말하고 있었다.

너는 아무리 날뛰어도 내 손바닥 안이라고.

그냥 손바닥 위에서 놀았으면 좋았을 것을 왜 그런 참람한 생각을 하게 된 것이냐고 묻고 있다.

"저를 가르친 건 당신입니다. 정치판에 뒹굴기 위해서는, 야망을 달성하기 위해서는 핏줄조차 이용하라 한 것이 당신이었습니다. 그래서 난 당신을 이용하여 홀로 오롯이 되길 바랐습니다. 하지만 당신은 그러지 않았군요. 당신이 가르친 제자가 이리되었음을 믿고 싶지 않아 하는 것, 당신 말대로 당신 역시 정치가로서 탈락입니다."

더 이상의 완전한 공경은 없었다.

성주는 화내지 않았다.

"그렇다, 하지만 세상 누구보다도 노련한 정치가임을 자부한다."

"그 자부심 한 번 대단합니다, 그려."

"자부심은 가지되 자만하지 않는 게 내 유일한 장점이지. 내 너에게도 말했다. 자만하지 말라고. 너의 수완은 대단했다. 하지만…… 자만했더구나. 네가 정말 네 휘하로 끌어들인 세력들이, 정녕 네가 생각하는 것처럼 온전히 수족으로서의 역할을 제대로 수행할 수 있다고 여기는 것이냐?"

이건 또 무슨 말일까? 차을목의 눈동자가 커졌다.

성주의 나직한 웃음소리가 들렸다.

기침이 섞인 웃음, 그렇지만 소름이 끼칠 정도로 냉혹한 웃음이었다.

"너의 조심성 하나는 인정하마. 만약 오늘 네가 속내를 드러내지 않았다면 자신의 휘하로 세력을 들일 정도의 머리만 있는 정치가라고 생각했을 것이다. 하나 화신을 얻기 위해 넌 스스로를 숨겼다. 그것이 무너졌으니 네 삶의 의미 역시 무너지게 된 것이지. 그래서 이리 내 앞에서 허심탄회하게 속내를 비치는 것 아니냐? 조금만 더 참았더라면 나 또한 네 또 다른 야망을 모를 뻔했다."

스스로 밧줄을 묶어서 적군에게 투항한 것과 다를 바가 없다는 것이다.

차을목은 고개를 떨어트렸다. 의심할 여지가 없는 완패였다.

"화신을 원하는 네 녀석의 야망을 이제 알았다. 그럼에도 그토록 절망하는 건, 화신이 깨어날 때의 증표로 삼은 부활자를 제대로 억압하지 않은 것이겠지. 무하나비가 도망쳤느냐?"

모든 것을 꿰뚫고 있었어, 정말로.

차을목은 화를 낼 힘도, 슬퍼할 힘도, 자조할 힘도 없었다.

이런 무서운 사람에게 도전하려 했다니 자신이 바보 같기만 하다.

"그렇습니다."

"너는 꽤나 맹목적인 데가 있는 아이였지. 어렸

을 때부터."

"그게 무슨 말입니까?"

"그 문서를 봐서 알겠지만 글을 쓴 자가 어떤 의도로 썼는지 알 수는 없다. 후손이 화신을 취하라는 것인지 경계를 하라는 것인지 그도 아니라면 그저 지식의 일부로써 남긴 것인지 목적 자체가 모호하기 짝이 없다. 그럼에도 그 글에서는 생소한 화신에 대한 많은 이유들이 확실하게 드러나 있다. 하면 묻겠다. 너는 그 글에서, 왜 화신이 일어날 증표를 억압하라는 것에 대한 명확한 설명이 없다는 걸 생각하지 않았느냐?"

"그게 무슨……?"

"글의 마지막에는 이런 내용이 있지. 표식을 억압하지 않는다면 화신은 다시 그림자 속에 숨는다고."

"그렇습니다. 그것에 무슨 의미가 있는지가……."

"하면 숨기도 전에 파 버리면 되는 것 아니냐? 애초에 부활자는 억압할 수가 없는 존재였다. 없는 존재가 아니라 할 필요가 없는 존재였다."

"무슨 소립니까?"

"존재의 가치를 증명하지 못해 끊임없이 자살을 반복하는 그를 어떻게 막는단 말이냐? 스스로 자살하는 것조차 우리는 막을 수 없다. 혀를 깨물든 벽에 머리를 박든 우리가 어떻게 그를 막을 수 있을꼬? 부활자는 그저 존재하기만 하면 되는 것이다. 존재 자체가 억압이라는 것이야. 세계가 억압하고 있는데, 우리가 어찌 억압을 해? 죽일 수도 없고, 홀로 죽지도 못하는 존재를 '억압'한다는 말 자체가 모순이다. 그는 죽어도 죽을 수 없다."

차을목의 눈동자가 찢어질듯 커졌다.

"그럼 당신의 말은?"

"계획은 아직까지 유효하다. 광한수림 내부에 화신이 죽었다면 생사목에는 화신이 피었을 것이다. 원래가 한 몸이 아니냐?"

"하, 하지만 당신이! 예전에 무하나비를 잘 붙들라고 말하지 않았습니까! 나도 그렇게 생각했고 당신도……!"

성주는 말하지 않았다.

하지만 차을목은 몸을 덜덜 떨었다. 무서운 생각

이 든 것이다.

그는 이내 허탈하게 웃었다.

"이것이 최후의 끈이었습니까?"

"이미 알고 있음에도 그리하라 시켰다. 누구도 아닌 너에게 시킴으로써 그에 대한 믿음을 공고히 시켰다."

차을목은 처음에 멍한 표정으로 성주의 침실을 바라보다가 이내 킬킬 웃었다.

절망했다고 생각했던 사실이 실제로는 절망하지 않았어도 될 일이었다.

하지만 절망을 했고 그로 인해 모든 계획 자체가 수포로 돌아갔다.

미친 듯이 바닥에 엎드려 웃고 우는 차을목이었다.

그런 그를 향해 성주는 아무런 말도 하지 않았다.

그렇게 얼마나 지났을까.

다시 고개를 든 차을목의 눈동자는 새빨갛게 충혈 되어 있었다.

"이왕 이렇게 된 거 함께 죽으면 되겠군요."

"함께 죽는다……?"

"잊지 마십시오. 나는 귀족성의 세력 절반을 차지한 수완가입니다. 아무리 당신이라 해도 자웅을 겨루어 볼 만할 것입니다."

성주는 다시 스산한 웃음을 지었다.

"한 번 무너진 정치가는 돌이킬 수 없는 바보가 되어 버린다더니 너도 그 범주에서 벗어나지 못하는 모양이구나."

"뭐요?"

"너에게 무하나비의 진실에 대해 말하지 않은 것이 최후의 끈이라고 내 말한 적 없다. 내가 가진 진정한 최후의 끈은, 네가 네 휘하에 끌어들인 세력들 자체다."

"……!"

"정말 그들이 너의 명을 받아 일을 수행했다고 생각한 거냐? 눈이 어둡구나. 그들은 처음부터 내 사람이었다. 혹여 네가 고약한 생각을 하게 될 때, 그저 장단을 맞춰 주라 명한 것이 애초에 나였다."

"날 기만하지 마십시오! 그것이 어찌 가능한……!"

"진정한 정치가라면, 최후에 붙잡을 줄을 어설픈 것으로 꼬지 않는다. 그 또한 너에게 가르친 바다. 나에게 최후에 최후까지 믿을 수 있는 끈은 귀족성 자체였다. 넌 그것도 몰랐느냐?"

차을목이 얼굴에 다시 한 번 절망이 떠올랐다. 엄청난 패배감에 그는 몸을 떨었다.

"하지만 아무리 미리 말을 했다 해도 너의 수완이라면 생각을 바꿀 이들도 몇 있으리라 생각했지. 그렇다면 어찌해야 하는가? 그저 억압하고 보상을 준다고 사람 마음이 그리 쉽게 충성으로만 올곧게 뻗어 나갈 수 있을까? 그렇지 않다. 사람은 이기적이고 추악하다. 최후의 끈이라지만, 버팀목이 있어야 끈도 튼튼한 법이지. 그래서 난 귀족성 전체를 속였다. 네 말대로 최후가 다가왔으니 이제는 연기를 그만해도 될 듯하구나."

"에?"

순간 침실 옆에 벽이 커다란 크기로 열렸고, 그 안에서 수많은 무장 병력들이 뛰쳐나왔다.

모두가 기골이 장대하고 눈빛이 날카로운 병사들, 희망의 성 전사들에 비해 조금도 떨어지지 않는 존재감의 병사들이었다.

그리고 휘장이 열렸다.

그 안에서, 수십 년 동안 누워 골골댔다고 생각했던 그가, 귀족성을 만들었던 초대 성주가, 이 전 세력을 품에 안았던 위업자가 이불을 걷고 걸어 나왔다.

새하얀 머리카락과 깊게 주름진 얼굴은 그의 나이가 상상을 초월할 정도로 많다는 걸 의미하지만, 두 눈 가득 뿜어지는 위엄과 정광은 젊은이의 그것에 모자라지 않았다.

뼈만 남았다고 생각했던 몸은 아직까지 꼿꼿했으며 몸에 걸치고 있었던 의복은 군왕의 위엄을 상징하는 미르의 옷이었다.

큰 키의 노성주는 뒷짐을 쥔 채로 차을목을 내려다보았다.

"넌 화신을 취할 자격이 없다."

그렇게 성의 지배자는 단언한다.

‡　‡　‡

세상을 향해 포효하는 시체, 망자들의 울부짖음
은 그 어느 것에도 비교할 수 없는 공포였다.

현자성, 법정성, 산신성, 연군성, 희망의 성, 귀
족성 등 수많은 단체에서 묻은 선대의 시체들이 살
아서 자신의 후손들을 땅 밑으로 추락시켰다.

하나의 세력으로 일어선 곳 중 유일하게 화장(火
葬)의 풍습이 있는 서방 예일가만이 선조들의 공
격에서 무사했지만 그렇다고 세상을 어찌 그러한
세력들의 합으로만 말할 수 있을까.

아무리 많은 세력의 합이라도 비교조차 되지 않
을 이 땅의 온전한 자식들.

수를 헤아릴 수조차 없는 엄청난 수의 백성들이
땅을 일구다가, 사냥을 하다가, 가족과 따뜻한 시
간을 지내다가, 먹을 게 없어 산을 뒤지다가, 공부
를 하다가 공포와 마주하였다.

어떻게 이런 일이 가능할까, 라는 명제는 당연히
둘째였다.

상상할 수 없는 공포와 마주한 백성들은 도무지

받아들일 수 없는 현실에 망연자실하였고 결국 일어난 망자들과 죽음의 여정을 떠나야 했다.

세계라는 개념이 생겨난 이후 이처럼 상식적이지 않은 사태가 일어난 것도 처음이리라.

고대 선왕이 깊은 잠에서 깨어나자마자 거대한 대륙 곳곳에서는, 마치 기다렸다는 듯이 수많은 시체들이 땅을 뚫고 올라왔다.

멀게는 아무런 연관이 없었던 죽은 이부터 가까이는 선조, 노화로 죽은 부모, 병으로 죽은 자식, 사고로 죽은 애인까지 일어나 과거 행복을 함께 하고 역경을 헤쳐 왔던 친인들에게 썩은 손을 벌렸다.

하지만 시신이라고 한다면 사람에게만 해당이 될 수 없다.

곳곳에 생을 마감한 수많은 짐승들 역시 맹목적인 살육을 위해 일어났다.

신기하게도 그들은 동족을 공격하지는 않았다.

그저 인간, 사람이라는 한 종(種)을 위해서 이빨을 벌리고, 구더기가 득실대는 살점을 비볐다.

선악의 경계로도 판단될 수 없는 문제, 이치의

문제였다.

이치에 합당하지 않은 존재들의 무자비한 공세는 밤낮을 가리지 않았다.

그들은 식사 대신 살육을, 편안한 잠 대신 방황을 선택해 목적 없는 혼돈을 만들었다.

휴식을 모르는 그들의 미친 살육은 삽시간에 대륙 전역을 덮었다.

전염병과 같이 퍼진 망자들의 공격.

단 하루가 지났음에도 전 세계의 사람들 중 삼할 이상이 무더기로 죽어 버린 이 대사건은, 안타깝게도…….

이제 시작에 불과했다.

종말은 시작과 함께 끝을 달리고 있었다.

‡　　‡　　‡

자신을 어떻게 정의해야 할지도 모르는 존재는 세상을 덮을 정도로 거대한 날개를 펄럭이며 이제는 썩어 문드러진 숲을 관통했다.

사람의 걸음으로 수십 일이 지나야 겨우 통과가 가능한, 실제적으로는 패악과 신비로 치장하여 애초에 통과가 불가능했던 광한수림의 영역을 무려 한 시간이라는 초인적인 시간에 돌파해 버린 '그'는 마침내 접점과 접점 사이에 도달할 수 있었다.

천 년 전에 사람들에게는 종종 보여 묘사가 가능했던, 그러나 현재를 살아가는 사람들에게는 도무지 어떤 언어나 그림, 글로도 표현이 불가능한 거대한 존재는 활강하여 땅에 네 발을 디뎠다.

지진이라도 난 것처럼 땅이 흔들렸지만 그뿐, 용은 상관하지 않았다.

그의 매서운 눈은 저 멀리서 엄청난 속도로 달려오는 한 인간에게 닿아 있었다.

정확하게 말하자면 인간의 형상을 한, 핏덩이.

무려 수십 킬로미터 밖에서 직선으로 달려오고 있었지만 용의 눈은 확실하게 그 존재를 인식할 수 있었다.

입고 있었던 옷은 넝마로 변해서 주요 부위만 가렸고, 온몸에는 피가 낭자했다.

머리에서는 아직도 몇 줄기 피가 쭉쭉 빠져나와 땅을 더럽혔지만, 인간은 멈추지 않고 달렸다.

한데 그 달리는 속도가 놀라웠다. 씨가 좋은 종마도 저렇게는 빠르게 달릴 수 없으리라.

사람의 체력, 사람의 근육, 사람의 움직임이 아니었다.

사람의 육신에 들어찬 고약한 신성이 아니라면 설명할 수 없는 존재.

더군다나 어찌나 말랐는지, 뼈에다가 살가죽만 덮어 놓은 것 같았다.

저런 몸에서 피가 난다는 것 자체가 의문이었지만 인간은 피를 흘리면서, 말도 안 되는 속도로 접점과 접점을 주파하였다.

그리고 그 뒤를 무서운 속도로 쫓고 있는 일단의 무리들이 있었다.

창칼로 무장한 병력들.

말을 타고 달리는데, 어지간히 좋은 말들인지 속도가 놀랍다.

하지만 도무지 인간의 달음박질을 추월할 수 없는 속도이기도 했다. 그 정도로 달려오는 인간의 속도는 빠르기 짝이 없었다.

용은 죽음이 깃든 눈으로, 동시에 심오한 눈으로 달려오는 이들을 바라보기만 했다.

도와준다거나 아니면 무작정 분노로써 그들에게 겁을 준다거나 하는 어떠한 일도 행하지 아니하였다.

그때 용의 길고 두꺼운 목이 휙 돌아갔다.

저 멀리, 하늘에서 날아오는 미지의 존재가 있었다.

그 또한 거리가 어마어마했지만 용의 눈은 사람의 눈과 달라도 너무 달랐다.

온몸 가득 성스러운 불꽃으로 무장한 거대한 새가 이쪽 부근을 향해 날아온다.

화려한 붉음이었다. 강철 같은 두 발은 샛노란 색으로 강렬했고 순진무구한 눈동자는 마치 수정처럼 투명했다.

―주작.

스스로의 존재조차 잊은 용이었지만, 그는 주작이 어떠한 존재인지는 알았다.

불안한 자아로 제정신을 차리기 어려운 그가 할

생각은 아니었지만, 모를 수가 없는 존재가 주작이었다.

오른쪽도, 왼쪽도 아닌 것.

땅도 하늘도 아닌 것.

온몸에 신화로 둘러싸인 불을 붙인 채 창공의 바람을 닮은 날개를 퍼덕이며 세상을 향해 울부짖는 진실의 눈.

어떠한 요마의 힘도, 어떠한 요괴의 힘도, 어떠한 어둠으로도 가릴 수 없는 지혜의 수호자.

하늘을 날아 무시무시한 속도로 날아오는 주작은, 심지어 한 마리가 아니었다.

나는 것은 한 마리였으나 저 멀리, 쓰러진 나무를 피해 바닥에서 고아하게 앉은 주작도 한 마리가 있었다.

두 마리의 주작이 용의 눈에 포착되었다.

스산하고 초월적인 용의 눈동자가 파르르 떨렸다.

그의 눈은 일순간 미묘한 감정을 담아낼 수 있었다.

아련함.

세계가 탄생된 이래 귀신과 함께 완전한 존재로 세상을 통치했던 종족도 인간 못지않은 감성을 품은 이였다.

오히려 다른 어떤 존재보다도 확실하고 명확한 감성을 가지고 있었기에, 그 감성이 티끌만 한 악에 물들지 않고 지혜로써 선에 닿을 수 있었기에 더할 나위 없는 평화를 이룩할 수 있었을 것이다.

─선대는 저렇게 세상을 지키고 있었구나.

스스로 말하면서 깨닫게 되는 진실에 용은 신음을 흘렸다.

그는 수많은 동족의 자살 소동에서도 유일하게 굳건한 정신을 세워 살아남은 마지막 용이었다.

자신의 마음속에서도 피어오르기 시작한 괘씸한 어떤 감정을 억누르고 억눌러 기어이 세상 밖으로 떨쳐 내 버린 가장 완전한 존재.

그러나 용은 그것을 기뻐하지 않았다.

수백에 이르렀던 동족들이 자살을 하고 혼자만이 남아 있는 고독함은 용이라 해도 떨치기 어려운 감정이었다.

이겨 낼 수 있지만, 매번의 아픔을 몸에 새기며

하루하루를 살아가는 일, 존재가 깨달은 높낮음을 떠나 쉽지 않은 건 분명했다.

용은 그런 상태에서도 세상을 통치하며 밝은 평화와 미래를 그려 나갔다.

하지만 자신처럼 강인하지 못한, 셀 수 없는 인간들은 그 불쾌하고 괘씸한 감성을 털어 내지 못했다…… 할 수가 없는 존재들이었다.

불완전한 인간들, 뭔가가 텅 비어서 완전하지 못했던 인간들의 그 빈 공간에 들어찬 악의는 도리어 인간을 완전에 가깝도록 만드는 매개체가 되었다.

그래서 용은 서글펐고, 그래서 용은 기뻤다.

귀신들과 함께 미약한 인간을 빛으로 이끌었던 그는, 그래도 완전에 가깝도록 변모한 인간들의 성장을 기뻐했고 감탄했다.

동시에 불쾌한 완전성 때문에 언젠가는 완전한 파멸을 맞이하게 되리라 예상할 수 있었기에 서글펐다.

그랬기에 그는 기쁨과 연민 속에서 죽어 갈 수 있었다.

비록 내가 죽지만 인간들이 스스로 일어나 세상

을 향해 두 주먹을 꽉 쥐고 일어날 수 있었음에 기
뻤다.

그들의 발전은 무궁할 것이고, 찬란한 영광은 하
늘조차 가릴 수 있을 것이다.

하지만 마냥 애틋한 눈으로 인간들을 보았던 그
와는 달리, 악의로 똘똘 뭉친 미묘한 감정을 버티
지 못해 자살을 감행한 그의 동족들은 인간들의 불
쾌한 완전성을 곱게만 볼 수 없었다.

그들 스스로의 멸망이라면 모르되 인간의 빠른
습득력과 놀라운 적응력은 곧 수많은 지식을 얻어
낼 수 있을 것이고, 그것은 곧 생산보다 파괴에 치
중되리라 생각했다.

그 파괴의 영역에 종족, 자연, 세상의 구분은 없
을 터.

누군가가 손을 쓰지 못한다면 인간은 세상의 모
든 자연을 파괴할 것이며, 동시에 그들 스스로 몰
락하게 될 것이다.

용의 동족들은 그렇게 생각했다.

하지만 그들이라고 인간들을 미워하지는 않았다.

오히려 지성을 얻은 존재들로서 동등한 입장이

되어 버린 그들을 자식 대하듯 귀히 여겼다.

동시에 언젠가는 신음을 앓게 될 자연과 그로 인해 사라지게 될 인간들을 연민의 눈으로 바라보았다.

그래서 그들은 스스로를 죽음으로 몰아넣기 직전에도 비늘과 눈을 뽑아 분신을 남겼으니, 작금에 이르러 세상 사람들은 그 신화적인 동물을 주작이라 불렀다.

마지막에 마지막까지 세상을 걱정하고 인간들을 걱정했던 존재들.

미르의 종족이라 칭하며 세계를 평화로써 원활하게 돌아가도록 만든 일등공신들은 그렇게 모두 사라져 버렸다.

하지만…… 마지막 용은 그러지 못했다.

—나는 왜 나의 분신을 남기지 않았던가?

그저 인간들을 믿었기 때문에?

그들이 어긋날 때도 있겠지만 언젠가는 반드시 자연과의 조화를 이루리라 생각했기 때문인가?

아니면 이미 수많은 동족들의 분신이 있으니, 굳이 자신까지 분신을 남기지 않아도 된다는 고약한 믿음 때문이었나?

용의 눈동자에 순간 찬란한 빛이 터져 나왔다.

불완전한 인간의 몸을 가졌던 바한의 늦은 각성과는 달리 용은 한 번 스스로를 돌아보는 것만으로도 전후 사정 모든 것을 꿰뚫을 수 있었다.

왜 이렇게 부활을 했는지까지.

―그렇구나…… 난 인간을 불신했었구나.

용은 탄식과 함께 미소를 지었다.

천 년 이전에 수많은 그의 동족들은 시커멓고 썩어 빠진 괴상한 감정으로 인해 괴로워했고, 그것을 이기지 못해 스스로 생을 마감했다.

그러나 마지막 용은 살아남았다.

그는 자신이 비록 지쳤지만 모든 악의적인 감정들을 몰아냈다고 확신했다.

그러나 진실은 달랐다.

그는 어차피 죽을 몸.

주작을 남겨 부활할 수조차 없는 재가 되어 버려서는 안 될 몸이었다.

온전히 죽어서 무덤을 만들어 부활의 때를 기다렸어야 될 몸이었다.

그래서 그는 주작을 남기지 않았던 것이다.

어떠한 하나의 모습으로 보이지 않는, 빛으로도 어둠으로도 표현되기 어려운 존재의 목소리가 그를 인도하였다.

—내가 깨어나게 될 때, 삶과 죽음의 경계가 무너지리라. 재가 되거나, 썩어서 거름이 되지 않은, 모든 살아 있는 시체들과 함께 하나의 종을 멸망시키고자 몸을 세우리라. 수많은 부활자들과 함께 이치를 거스르게 될 한 종을 뿌리 뽑아 세계의 안전을 도모하게 될 것이다.

자신은 무기였다.

하나의 패였다.

신이 한순간의 반전을 꿈꾸기 위해 남겨 두었던 최후의 병력이었다.

과거 동족들과 함께 인간의 지성을 향상시켜 같은 세계를 공유하려 한 순간부터, 그는 자신의 존재를 무의식적으로나마 깨달은 것이다.

부인하고 말고도 없이 내재된 잠재 개념으로써 스스로를 숨긴 것이다.

사유하고 또 사유하여 인간들을 위한 복지, 자연

과의 조화를 위해 최선을 다했지만 결국 그의 숙명은 정해져 있었던 것이다.

　—배신과 복수의 이중 존재 개념. 인간의 종과 함께 그들의 소멸을 위해 태어난 일곱 가지 추악한 개념 중 하나. 전생도 없고 앞으로의 생도 없을 오로지 하나의 존재. 추악한 스스로를 회개하여 신의 계획에 동참하였던 두 가지 개화의 존재 개념 중 하나. 목적을 위해 오로지 앞만 보고 달려 나가는 광란의 포효. 나는…… '광기'였구나.

　배신과 복수가 합쳐져 복수신이 되어 버린 강렬한 존재와, 인간들의 멸종을 담당하기 위해 신이 선택한 최강, 최악, 최대의 한 수.

　'광기'가 스스로를 인식하게 된 순간이었다.

‡　　‡　　‡

　거대한 불꽃은, 말 그대로 거대했지만 차마 거대하다는 말로도 표현되기 어려웠다.

마치 하늘 높은 곳에서 세상을 비추었던 태양이 뚝 떨어지는 것 같았다.

용의 입에서 흘러나온 불꽃.

산속, 가장 깊은 지저에서 숨어 용암을 분출해 화산 활동을 도왔던 용의 불꽃이 부활자의 뒤편을 향해 무자비한 속도로 쏘아졌다.

가히 성채 하나에 육박하는 크기를 가진 불덩이는 저 멀리서 다가오는데도 체내 수분을 모조리 빼앗는 열기를 자랑했다.

그리고 동시에.

무하나비의 머리를 지난 거대한 불꽃의 공은 일천 병력을 한꺼번에 뒤덮어 버렸다.

비명은 없었고, 고통조차 없었을 것이다.

말까지 합하여 총 이천에 달하는 생명체들이 그 자리에서 증발해 버렸다.

재조차 남지 않은 강렬한 불꽃은 땅에 거대한 구덩이를 만들어 놓고 서서히 사라졌다.

불꽃의 여파로 무하나비의 머리 일부와 팔 한쪽이 날아갔지만, 신비하게도 그의 몸은 금세 재생하기에 이르렀다.

마침내 만나게 된 가장 강렬한 두 부활자들.

용의 눈은 광기로 번들거렸고, 무하나비의 눈동자는 정체가 모호하였다.

—아직 각성하지 않았던가?

무하나비는 짐승 같은 괴성만 지를 뿐 그저 홀린 듯한 눈으로 용을 바라보았다.

용이 일순간 포효를 질렀다.

"……!"

일곱 가지 패악의 존재 개념 중 가장 파괴적이고 무자비한 광기의 포효는 무하나비의 남은 최소의 이성마저 날려 버리고 본능의 눈을 깨워 냈다.

일곱 가지 존재 개념 중에서 가장 세상과 동화가 잘 이루어졌던 필요악(必要惡).

기만하고 비꼬았으나 결국에는 찬란한 세상의 평화를 위해 신과 손을 잡았던 개념.

모순이라는 말의 가장 근원적인 개념이 마침내 눈을 떴다.

'광기'에 이른 '거짓'이 스스로를 확실하게 깨우치게 되는 순간이었다.

무하나비의 멍했던 얼굴이 일순간 스산한 웃음

을 발했다.

그의 웃음은 어딘지 용의 눈빛과 유사한 바가 있었다.

"고맙군."

─별말씀을.

"자, 이제 계획이 뭐지? 나는 그대를 보조하라는 말만 들었지 그 외에 일은 모른다."

─쓸어야지.

"무엇을?"

─인간들을.

"느껴지는군. 생사의 경계가 무너졌어. 그들은 그들 나름대로 힘쓰는 모양인데? 어차피 한 번 죽어서 죽지도 않는 것들이야."

─하루 빨리 싹을 뽑으라는 목소리가 들려온다. 도울 텐가?

"도와야지. 천 년 동안 그것들 때문에 이 불쾌한 몸에서 지낸 걸 생각하니 진저리가 나는군."

─자, 그럼 시작할까?

무하나비를, 아니, '거짓'을 등에 태운 '광기'는 날개를 퍼덕이며 하늘 높이 올랐다.

그들이 향하는 곳은 저 머나먼 북쪽, 세상의 끝이라고 불리는 얼음 대륙.

바로 생사목이 존재하는 체즈라시아의 방향이었다.

‡　　‡　　‡

걸라비는 딱딱하게 얼어붙은 육포를 질겅질겅 씹었다.

수십 년의 생을 살고, 그만큼의 지혜를 몸에 새겨 현자라는 소리까지 듣는 그였지만, 이 얼어붙은 동토에서 불을 피울 수단이 없다는 걸 안타까워할 정도의 인간성은 있었다.

수많은 나무들을 끌고 와 썼지만 이제는 뗄 수 있는 땔감도 없었기에 그는 그저 딱딱한 고기를 씹어야만 했다.

만약 그의 이빨이 관리가 잘되어 젊은이의 그것처럼 단단하게 여물지 않았다면 냉혹한 현실에 눈물을 흘렸을지도 모를 일이다.

물론 축복 받은 육체로 세월의 흐름에서조차 저항하는 그와 달리 세월의 흐름을 온전하게 받아들인, 지극히 평범한 노인도 있었다.

계필번은 몇 개의 털옷을 껴입으면서도 몸을 달달 떨었는데 제법 처량한 몰골이었다.

당연하게도 딱딱한 육포는 씹지도 못하고 있었다.

걸라비는 계필번을 보며 웃지도, 혐오하지도, 그렇다고 동정하지도 않았다.

사람은 극한의 상황에서 제 본모습을 보인다고 했던가?

최소한의 이성은 남아 있는 듯했지만 항상 좋은 것을 입고 좋은 것을 먹고 제 욕망만 채웠던 작자가 계필번이었다.

정치에 맛을 들여 수많은 가면을 쓸 줄 아는 이였으나, 결국 한계를 맞이하게 되는 순간은 가까웠다.

추운 극지방.

먹는 것조차 여의치가 않다.

움직이는 순간 열량이 빠져나가 그저 최소의 활

동량을 유지하는 게 옳은 방법이며, 추워서 제대로 된 잠조차 잘 수가 없다.

만약 삼 일에 한 번씩 남쪽 지방으로 내려가 나무를 구한 병사들이 없었다면 계필번은 진즉 죽었을 게 분명했다.

'물론 그건 나도 마찬가지지만.'

어느 정도 시간이 지나자 계필번은 웃음으로 치장한 가면을 스스로 깨트렸다.

사람이 신경질적으로 변했고, 사소한 일에도 화를 냈다.

절대로 남 앞에서 보이지 않던 진면목들이 그저 극지방에서 제법 생활한 것만으로도 확연히 드러나니, 걸라비는 가는 길이 다를지언정 그래도 나름 그 방면에선 일가를 이루었다고 생각했던 계필번에 대한 자신의 시선을 접어야만 했다.

그간 얼마나 운동을 하지 않았는지 몸도 허약했고, 그럼에도 몸에 밴 허세는 씻어 내지 못했다.

막말로 이 거친 환경에서 마음만 먹으면 저 수많은 병력들이 그와 계필번을 죽이고 임무를 위해 대기할 수도 있었을 것이다.

실제로 병력들 사이에서 도는 불온한 움직임을 걸라비는 깨우치고 있었다.

그나마 그가 하루에 한 번씩 돌아 병력을 다독였기에 다행이지 그조차도 하지 않았다면 그들의 울화와 짜증은 진즉에 터졌을 것이다.

사실 가장 먼저 주먹을 쥐었던 사람은 걸라비였다.

하는 것도 없이, 그저 명령만 내린 채 그들의 마음도 헤아려 주지 못하는 계필번은 최악의 상관이었다.

극한의 상황에서 번뜩이는 재지라도 있어야 할 판인데, 그저 먹고 싸는 짓밖에 하지 못하니 송장을 모시는 것과 다를 게 없다.

거친 환경에서 나름 잘살던 걸라비는 오히려 병력들의 신임을 얻었고, 거의 반쯤 미쳐 가기 시작한 계필번은 수족과 같았던 병사들의 싸늘한 눈초리만 받아야 했다.

그래도 눈치가 아주 없었던 건 아닌지 요즘은 아무런 말도 없이 이글루 안에서만 지내고 있는 형편이었다.

걸라비는 아무런 말도 하지 않고 이글루를 나와

생사목으로 향했다.

추위 때문에 고통스럽고 배고픔 때문에 고통스럽고 심지어 잠조차 자지 못해 고통스러웠지만, 이 생사목의 앞에만 서면 뭔가 가슴 한편이 시원하게 뚫리는 느낌이었다.

걸라비는 이 강렬하면서도 부드러운 느낌이 좋았다.

세상만사 모든 걱정을 잊을 수 있을 것 같았다.

걸라비의 검은색 동공이 일순간 하얗게 변했다가 이내 검은색으로 돌아왔다.

그는 자신의 눈이 어떻게 변했는지 인지하지 못했다.

홀린 듯 생사목을 바라보는 탓에 걸라비의 몸이 하얀 서리로 뒤덮였다.

"걸라비 님."

어느새 그의 뒤에 다가와 공손하게 시립한 사람이 있었다.

바로 걸라비와 계필번을 모시고 이 거친 지방까지 행군을 맡았던 병력들의 대장 하조수였다.

걸라비는 인자한 눈으로 하조수를 바라보았다.

"왜, 무슨 문제라도 있는가?"

"아닙니다. 그저 적적하여 이곳까지 나왔습니다. 이상하게도 이 거대한 나무만 보게 되면 마음이 편안해집니다."

"허허, 자네도 그런가? 나 역시 그래. 이제는 하루에 한 번 이 나무를 보지 못하면 잠도 못 잘 지경이야."

하조수의 눈동자에도 약간의 흰색 광채가 어렸지만 그는 물론 마주 보고 있던 걸라비조차 알아보지 못하였다.

하조수 역시 미소를 지었다.

"정말 신비한 나무이지 않습니까?"

"그러하네. 이제는 생사목에 정말 꽃이 피기는 하는지 의아스러운걸?"

"성주님의 말씀이시니 사실이겠지요. 근시일 내로 분명 피게 될 겁니다."

"그렇겠지."

다른 것을 전부 쳐 낸다면 세상에 귀족성 성주만큼 지식이 많고 통찰력이 깊은 사람은 없을 것이다.

그의 지식은 역사라고 불릴 정도였다.

현자성의 어떤 학자들보다 많은 지식이 그의 머리에 자리를 잡았고 희망의 성 어떤 전사들보다도 강렬한 경험이 지혜로 승화하여 성주의 눈이 되었다.

비록 가슴속에 무슨 생각을 품고 사는지는 알수 없지만 그는 사람을 움직이게 만드는 힘이 있었다.

그렇지 않았다면 세상을 떠도는 게 유일한 낙이었던 걸라비가 성주의 밑으로 들어가지 않았을 것이다.

둘은 아무 말도 없이 그저 생사목만을 바라보았다.

흩날리는 한빙화의 얼음 꽃잎들이 사르르 몸을 부숴 가며 생사목에 치장을 해 주고 있었다.

거센 바람은 생사목의 가지조차 흔들지 못했지만 그 주변을 맴돌며 사라지는 한빙화와 눈발을 희롱하며 극한의 아름다움을 뽐내도록 도와주는 매개체가 되었다.

그때였다.

흐릿한 모양새로 하늘을 점거했던 고약한 구름들의 움직임이 빨라졌다.

그 자리에 고정되어 평생 생사목을 지킬 것만 같았던 먹구름들은, 커다란 원을 그리며 천천히 돌아가기 시작했다.

사람의 눈으로 보기에는 너무나도 느린 속도였지만 실제 하늘에서 벌어지는 먹구름의 움직임이란 가히 상상을 초월했다.

하나의 점을 찍어 놓고 그 주변을 돌아가는 먹구름의 행렬은 지상에서 뻗어 나간 회오리바람이 하늘에 닿은 듯한 착각을 불러 일으켰다.

북쪽과 남쪽의 중간 지역, 거대한 사막으로 경계선임을 입증한 마할 사막에서는 흔히 용권풍이라는 것이 발생한다고 한다.

세상 모든 걸 휩쓸 것만 같은 거대한 용권풍, 그것은 하늘에서도 일어나는 일이었다.

이윽고 반시간이 지나자 사람의 눈으로 느릿했던 하늘의 돌풍은 그야말로 극한으로 치닫고 있었다.

거대한 소용돌이를 만들어 공포스러운 광경을 남긴 하늘은 이내 바람마저 튕겨 내 사방으로 뻗어 내는 위업을 달성하였다.

생사목에 홀려 주위 사물조차 제대로 판단하지 못했던 걸라비와 하조수는 기묘한 낌새에 하늘을 올려다보았다.

"허억!"

"저, 저게 도대체?!"

먹구름은 번개를 동반했다.

번개가 나오면 응당 천둥도 따라와야 정상인데, 이상하게도 아무런 소리가 나오지 않았다.

하지만 그 기묘함이 오히려 더 공포스럽다.

걸라비는 하조수를 돌아보며 외쳤다.

"뭔가 이상한 일이 벌어진 게 틀림이 없네! 일단 뒤로……."

발작하듯이 외치던 걸라비는 뭔가 괴이쩍은 감각을 느꼈다.

그는 고개를 갸웃거리며 하조수를 바라보았다.

하조수는 여전히 하늘을 바라보며 경악에 찬 얼굴로 부들부들 떨고 있었다.

한데 그런 하조수의 귀에선 울컥 피가 배어 나오고 있다.

너무 작아서 눈으로 확인하기 힘든 핏덩이를 동

반한 피는 삽시간에 그의 얼굴과 상체를 적셨지만 극한의 추위 때문에 얼어붙었다.

"자, 자네 귀에서!"

다시 외치던 걸라비는 재차 머리를 관통하는 깨달음에 입을 쩌억 벌렸다.

자신이 외치는 목소리가, 자신의 귀에서도 들리지가 않았던 것이다.

그제야 그는 번개가 친 뒤 천둥이 치지 않은 이유를 알았다.

정확하게는 천둥이 치지 않은 게 아니었다.

천둥은 번개의 뒤에 따라붙기가 벅차 허공에서 소멸해 버린 것이 아니라, 너무나 큰 강렬함과 무자비한 굉음으로 사람의 고막까지 죄다 터트려 버렸던 것이다.

저 높은 하늘에서 지상까지 관통한 굉음은 땅까지 뒤흔드는 엄청난 위업을 달성고야 말았다.

걸라비와 하조수는 중심을 잡지 못해 그대로 엎어졌다.

다행히 주변에 건물군이 없어서 큰 피해는 입지 않았지만, 앉아서도 잡지 못할 중심 때문에 그들은 어지럼증까지 느꼈다. 귀가 타격을 받으며 본래의 균형감까지 잃은 것이다.

그것은 비단 걸라비와 하조수에게만 일어난 비극이 아니었다.

얼음으로 이루어진 이글루는 모조리 부서졌고, 인근에 있었던 거의 모든 사람들이 고통에 몸부림쳤다.

내장이 흔들리고 뇌가 진동하여 피를 토한 채로 정신을 잃는 사람들까지 생겼다.

이글루가 무너지며 그 안에서 몸을 떨었던 계필번은 갑작스레 터진 변고에 정신을 차리지 못했다.

일단 조각나고 부서진 이글루에 맞아 깊은 타박상에 피까지 흘렸다.

그는 제정신이 아닌 상태에서 기어이 얼음구덩이를 헤치고 올라와 숨을 할딱였다. 이 상태에서도 죽지 않음은 정녕 신의 배려라 아니 말할 수가 없다.

그러나 그들에게 재앙은 이제 시작일 뿐이었다.

허공에 하나의 점을 주위로 재빠르게 돌기 시작한 먹구름. 그리고 그 먹구름을 치장해 주는 엄청난 수의 번개가 점점 모아지더니 이내 한줄기 빛으로 화하였다.

걸라비와 하조수, 그 외에 이 초월적인 광경을 쳐다보았던 모든 사람들의 눈에서 피가 터졌다.

시각이 허용할 수 있는 범위를 넘어선 강렬한 광채였다.

귀가 들리지 않고 눈도 보이지 않는, 오로지 어둠뿐인 이 묘한 상황에서 사람들은 정신을 차리지 못했다.

수많은 번개의 줄기들이 모여 만들어진 거대한 전광구(電光求)는 이내 한 자루 거대한 창처럼 생사목을 향해 직격타를 날렸다.

세상이 종말을 맞이하는 듯한 굉음이 또다시 터졌다.

벼락 무리에 맞은 생사목은, 티 하나 묻지 않았던 새하얀 몸체를 더 이상 유지할 수가 없었다.

그것은 당연한 일.

세상 어떤 자연물이, 어떤 창조물이 이와 같은 벼락을 맞고 멀쩡할 수 있을 것인가.

하지만 더 신기한 일이 벌어졌다.

마땅히 쪼개지고 타야 정상일 생사목은 이전의 하얀 몸체를 버리고 완전한 검은색으로 물들었다.

타서 검어진 것이 아닌, 본래 그러한 나무였다는
듯 시커먼 색깔로 스스로의 몸을 치장하였다.

종말의 마지막, 완전한 끝을 상징하는 검은색.

가장 많은 가능성을 상징하는 하얀색과는 완전
한 대칭점에 선 색깔로써 탄생의 반대편, 종말과
멸망을 담당하는 형용할 수 없는 어둠만이 생사목
을 지배하였다.

하나의 종이 멸망할 때만 검은색으로 변한다는,
생과 사를 주관하는 절대적인 진리 생사목.

그렇게 수많은 사람들이 충격에 쓰러지거나 죽
어 나갔다.

이미 이 일대는 죽음의 지대가 되어 버렸고 몰아
치는 눈발과 한빙화의 꽃잎들조차 신의 의지가 현
신함을 보며 몸을 사렸다.

그리고 정확하게 하루 뒤.

반쯤 썩은 몸체를 한 거대한 용이 생사목의 앞으
로 도달했다.

그토록 먼 거리를 쉬지도 않고 극한의 속도로
날아온 용은 천천히 활강하며 이내 생사목의 앞에
앉았다.

동시에 그의 등에 매달려 이곳까지 날아온 무하나비 역시 조금의 비틀거림 없이 뛰어내렸다.

두 부활자의 눈이 생사목에게 닿았다.

용은 저절로 머리를 조아리고, 무하나비는 그 자리에서 넙죽 엎드렸다.

식물, 동물, 인간, 그 외에 자연에 존재하는 모든 존재 개념들조차 숨을 죽이게 만드는 위엄 앞에서 두 부활자는 고개를 숙이지 않을 수 없었다.

너무나도 당연한, 이것만큼은 그 어떤 이치에 반하는 존재라 할지라도 부정할 수 없는 절대적인 강렬함이 그들을 지배한다.

무하나비는 엎드렸다가 이내 무릎 걸음으로 생사목의 뿌리까지 다가갔다.

지극히 공손한 자세.

지진이라도 난 듯 뾰족하게 튀어나와 사람 다닐 길이 아닌 듯한 땅에 긁혀 그의 무릎에서 피가 흘렀지만 그는 아랑곳하지도 않았다.

이내 그는 생사목의 전면, 지상과 몸체의 중간 지점에서 핀 하나의 작은 꽃을 발견하였다.

부활화가 생성을 맡았다면 이 꽃은 소멸을 맡는다.

세계에 영향을 줄 정도로 강력한 종의 멸망을 부추기기 위해, 신의 분노로 피운 이 꽃은 지성 있는 존재가 취할 때 그의 후생(後生)이 사라지며 근본을 이루었던 존재 개념까지 소멸하는, 영혼까지 사라지는 완벽한 죽음을 선물하지만, 신의 대리자가 취할 때 이 땅에 존재하는 종족 하나를 몰살시킬 권위를 얻게 된다.

어느 쪽이든, 세상에는 파멸을 맞이하게 되는 바.

무하나비는 해골과도 같은 고약한 얼굴에 스산한 미소를 심었다.

"마침내 멸세화(滅世花)가 피었구나."

부활화의 대칭점.

섭취한 이를 불로불사에 이르도록 하는 게 아닌, 실제로는 하나의 종을 깨우치게 하여 불완전을 완전함으로 이끄는 역할을 하는 생성의 꽃 부활화와 달리, 섭취하는 이에게 신의 분노가 떨어져 칠 일간 세상에서 한 종의 몰락을 가져오게 만드는 무시무시한 꽃.

용은 멸세화를 보며 눈이 흔들리는 걸 느꼈다.

부활화의 대칭점.

천 년 훨씬 이전, 언제인지 기억조차 나지 않는 까마득한 먼 옛날 미르의 종족과 귀신들은 가능성을 품었을 뿐, 동물로서의 본성을 완벽하게 버리지 못한 인간을 각성시키기 위해 부활화를 사용하였다.

당시 가장 나이가 많았던 용이 부활화를 섭취하였고, 다른 용들과 귀신들을 그를 도와 세계 각지에 퍼진 인간들의 압도적인 불완전함을 완전함에 가까운 불완전함으로 끌어올렸다.

인간이라는 존재가 이성을 갖고 세상을 파악할 수 있는 눈을 갖게 된 순간이었다.

하지만 마지막 용의 아버지인 가장 나이 많았던 용이 부활화로서 인간을 인간답게 만들었다면 그 아들인 마지막 용은 멸세화를 취해 인간을 멸종시키려 하고 있었다.

─그러나 이것이 신의 의지다.

무하나비가 건네 준 멸세화를, 용은 한 입에 삼켰다.

그 순간이 지나고 마침내 하늘은 무수한 먹구름을 동반해 태양을 가려 버렸다.

세상에 태어나기를 채 이천 년이 되지 않았던 인간이라는 종족.

용과 귀신들의 지혜로 태어나 신의 분노를 빌어 다시 태어난 부활의 용과 한 인간에게 멸망당하는 특기할 만한 사태가 마침내 꽃을 피우려 하고 있었다.

썩은 살점으로 뒤덮인 용의 몸에 새살이 돋고, 그 위로 시커먼 비늘이 완연하여 거대한 어둠을 보는 것 같은 착각이 인다.

그렇게 새카만 몸체로 멸망의 대리자임을 내세운 용이 또 다른 부활자를 태운 채 다시 남향으로 날아갔다.

과거 판주아 왕국의 왕실이 세워졌던 곳, 인간들의 지배자의 모든 연설이 이루어졌던 곳, 하지만 망국의 때가 온 순간 가장 먼저 모든 것이 사라져 버렸던 잊혀진 고원.

쥬만 고원이었다.

5막 2장

어차피 인간은 ……하게 되어 있다.

다만 그 시기가 빠르냐, 늦느냐의 차이일 뿐이다.

만약 인간이 그 속에서 살아…… 싶다면 그저 지난날의 과오를 ……하고 고개를 조아릴 수밖에 없다.

눈에 보이지 않는다 하여 신이 ……니다

세상에는 눈에 보이지 않는 무수한 존재…… 세상을 굽어 보고 있다.

인간들은 스스로를 똑똑하며 증명되지 못한 바를 그저 ……있지만 우물 안에 빠진 어린아이가 세상이 좁다고 말하는 꼴밖에 되지 않는다.

다른 모든 것을 잊어도 좋다.

겸허함을 잊어도 좋고 예의를 잊어도 좋고 세계를 비웃어도 좋다. 그러나 이것 하나만큼은 반드시 기억해야만 한다.

인간은 물론 모든 살아 있는 존재들은, 자신들이 왜 살아 있는지 그 존재의 이유 ……한다면 최악의 결과는 벗어날 수 있을 것이다.

만약 돌이킬 수 없는 길에 들어섰다면……. 그때는 어쩔 수가 없다. 그저 타락시키려는 자와, 멸망시키려는 자 사이에서 구원이 오기를 기도하고 또 기도해야만 한다.

—야사에 기록된 어느 현자의 가르침—

바한은 내부에서 들리는 목소리를 들었다.

정확한 목소리가 아닌 어떤 개념 같은 의지의 발현이었다.

그것은 다시 개념으로 화하여 돌았고, 다시 강렬한 의지로 변해 그의 머리를 강타했다.

"이렇게 되면 안 돼. 맞지 않는 일이야."

대강 이런 의지라고 해야 할 것이다.

목소리로 푼다면 이렇다고 할 수 있겠다.

바한은 내심 고개를 저었다.

도대체 무엇이 안 된다는 것일까?

무엇이 맞지 않고 도대체 하지 말란 이유가 무엇일까?

다른 곳에서도 목소리가 들렸다.

이전의 개념이 말했던 바가 어떠한 절박감과 슬픔을 담고 있었다면 이번의 개념이 전하는 바는 스산하고 묵직하며 위엄이 명확하여 도무지 거부할 수 없는 외침이었다.

"너의 근본이 하라는 대로 따라가면 된다. 그뿐이야."

너무나도 넓고 광활하여 끝이 보이지 않는 어둠 속 목소리였다.

아주 미세한, 한줄기 빛조차 뚫리지 않는 절대적인 어둠의 목소리가 바한의 시선을 끌었다.

하지만 그는 하늘과 주변을 보지 않고 자신이 선 땅을 바라보았다.

빛 한 점이 없음에도 확실하게 보이는 땅 밑의 어떠한 것.

그것은 빛도 아니었고 물건도 아니었고, 자연의 흐름이나 존재 개념과는 또 다른, 말로 설명할 수 없는 것이었다.

바한은 깨달았다.

자신이 보는 모든 세상이 바로 그의 근본이었다.

정확하게는 그의 근본과 합쳐진 이중의 개념, 배신과 복수의 합작이었다.

신이 가장 추악하게 여기는 개념과 한때 신이었다가 신의 권위를 포기하고 복수의 때만을 기다리게 된 타락한 신의 합작이 바로 이 어둠이었다.

한없이 넓고 거대하기만 한 근본 개념.

그에 비해 바닥에서 피어오르는 이 싹과 같은 모습의 정체 모호한 존재는 너무나도 가냘프고 야위어 보였다.

그럼에도 이 가냘픈 존재에 눈이 가는 것은 왜인지, 바한은 알 수 없었다.

진즉에 밟아서 없애 버렸어야 마땅할 싹인데.

'그런데 요 조막만 한 싹은 도대체 뭐지?'

밟아서 없애 버려야 할 것은 아는데, 왜 없애야만 하는지도 모르겠고, 정체도 모르겠다.

바한은 고개를 저었다.

지금은 이것이 중요한 게 아니었다. 그는 자신의 근본이 이끄는 목소리를 깨닫고, 또한 그것이 진짜

'나'임을 알았다.

내가 스스로 시키는 대로 살아야지 왜 한낱 볼품 없는 싹의 목소리를 듣고 거기에 따라야만 하는 것인가?

그는 손에 쥔 창을 꾹 쥐었다.

용의 뼈와 귀신의 피를 모아 만들어 낸 참람된 창.

귀신의 모든 지혜와 자아를 빼앗고, 선왕의 뼈 중 가장 고농도로 압축된 두개골, 미간부분을 떼어 만든 세계 제일의 창.

창이 떨고 있었다.

바한은 창이 왜 떨고 있는지 깨달을 수 있었다.

지혜를 잃고 자아까지 빼앗겼음에도 존재의 소멸을 선택하지 않고 혹시라도 다가올 미래를 위해 지상에 남겨진 괴이한 존재들이 근처에 있다는 알림이었다.

그제야 바한의 시선을 둘러싼 어둠은 모조리 걷혔다.

그는 자신이 무시무시한 속도로 썩어서 무너지게 된 광한수림을 주파했다는 걸 깨달았다. 절대적

인 영역을 자랑했던 광한수림을 완전히 벗어난 것
이다.

무려 백여 년 만에 맡게 되는 또 다른 세상의 공
기였다. 하지만 바한은 이 깔끔하고 깊은 공기가
무척이나 불쾌하게 느껴졌다.

그의 몸 주변을 은은하게 맴돌았던 시커먼 안개
는 이미 사라지고 없었다.

바한의 눈동자는 너무나도 파래서 오히려 시커
멓게 보일 정도로 깊은 푸름으로 물들고, 온몸에서
는 눈에 보이지 않는 아지랑이를 피워 냈다.

몰란덱은 땀을 흘리며 숨을 몰아쉬었다.

지금까지 아무리 빠른 속도로 달려도 이렇게는
힘들지 않았다.

하지만 바한의 달음박질은 그야말로 무지막지하
게 빨라서 세계에서 제일 가는 종마의 달리기를 보
는 듯한 착각이 일 정도였다.

아무리 몰란덱의 체력이 인간의 한계를 아득하
게 뛰어넘었다지만, 며칠을 쉬지 않고 달린다는 것
은 힘들 수밖에 없었다.

뼈도, 근육도 일반인보다 훨씬 탄탄하며 뼈와 뼈

를 연결하는 관절까지도 극한의 탄력을 자랑하여
어지간한 말보다도 체력이 좋은 그였지만, 이렇게
까지 달려 본 건 오랜만이었다.

만약 그의 심장이 짐승보다 크고 튼튼하지 않았
다면 진즉 거품을 물고 쓰러졌을 것이다.

이전에도 없었고 이후에도 없을 최강의 육체적
투쟁력을 자랑하는 몰란덱.

그는 난생 처음으로 인간의 육신을 지닌 채 자신
보다 오래, 그리고 빨리 달리는 존재를 처음으로
목도하게 되었다.

하지만 그에 대해서 놀라지는 않았다. 거기에 놀
라기에는, 지난 시간 동안 바한이 보여 준 모습들
이 지나치게 기괴했으니까.

달리면서도 알 수 없는 말을 중얼거렸던 그는,
일견 미친 듯도 보였다.

하지만 그러기에는 눈빛이 너무나도 맑고, 동시
에 스산했다.

또한 말을 붙이기는커녕 바라보기조차 힘든 위
엄까지, 밤하늘에 별을 새겨 놓은 것처럼 가득하였
다.

미친 자의 눈빛이 아니라, 이것은 인간을 초월한 어떠한 존재, 신이라면 가능하다고 판단 될 만한 이의 눈빛이었다.

이제는 썩고 스러져 바닥으로 몸을 누인 광한수림의 최대 외곽에서.

바한의 눈은 정확하게 떠다니는 귀신들의 무리를 향하고 있었다.

그 수를 헤아리기 어려운 귀신들 역시 허공을 배회하다 말고 바한을, 정확하게는 바한이 쥔 창을 바라보았다.

몰란덱은 숨을 고르다가도 등허리가 서늘해지는 기분이었다.

그 많고 많은 불투명한 귀신들이 일제히 쏘아보는 광경은 절대로 유쾌한 광경이 아니었다. 물론 이전, 아무르와 함께 이 지점에 도달했을 때 한 번 느껴 보긴 했지만 그때와는 차원이 다른 시선들이었다.

피눈물이 흐르는 눈동자는 어떠한 광기마저 느껴졌고, 맹목적인 파괴 충동이 가득하다.

크기가 제각각이지만 마치 판박이처럼 비슷한

귀신들의 눈빛이 절대로 주눅 들지 않는 전사의 가슴을 두근거리게 만든다.

몰란덱은 등에서 도끼를 빼냈다.

도끼를 잡자 그래도 마음이 진정되는 기분이었다.

약간 안정이 되자 그는 의아한 눈으로 주변을 둘러보았다.

마땅히 보여야 할 또 다른 존재가 보이지 않는다.

"주작이 어디로 갔지?"

먼 거리를 단시간에 주파할 수 있도록 가능하게 만든 조력자가 어디로 갔단 말인가?

적어도 이곳에서 뿌리 내린 나무처럼 존재하리라 믿어 의심치 않았는데?

그렇게 몰란덱이 한참이나 주변을 둘러보던 때였다.

바한의 입가에 싸늘한 미소가 지어지며 겨울의 매서운 한파처럼 스산한 목소리가 흘러나왔다.

"귀신."

단 하나의 단어.

하지만 그 한 번의 목소리로 인해 주변의 온도가 급강하하였다.

먹구름은 태양을 감추고, 살을 엘 듯한 바람을 쓰레기 버리듯 세상으로 던졌다.

추위를 타지 않는 몰란덱이었지만 감각 하나만큼은 예민하기 짝이 없는 몰란덱은 갑작스레 변한 온도와 날씨에 어리둥절했다.

그러나 직감적으로 그것이 바한 때문이라는 것을 깨닫는 데에는 많은 시간을 필요로 하지 않았다.

바한이 걸었다.

정확한 방향, 바로 귀신들을 향해서였다.

"바, 바한!"

그는 대답하지 않았다.

몰란덱은 그를 막고 싶었다.

하지만 막을 수가 없었다. 마치 발바닥과 땅이 붙어 버린 것처럼 움직이지가 않는다.

바한은 그렇게 천천히 귀신들의 앞까지 다가왔다.

하늘에 둥둥 떠다니며 바한만을 쳐다보는 귀신

들의 모습은 꿈에서라도 보기 두려운 광경이었다.

그 속에서 오롯이 혼자를 세워 창을 어깨에 기댄 바한이 다시 한 번 입을 열었다.

"무슨 집착이 더 남아서 천 년의 시간 동안 이곳을 기웃거린 것이냐? 혹시라도 너희들의 목숨보다도 중요한 이것을 내가 순순히 주리라 생각한 건가?"

바한이 손가락으로 창대를 툭툭 건드렸다.

창이 미묘한 움직임을 보일 때마다 귀신들의 시선도 함께 움직였다.

엄청난 수의 귀신들이 똑같은 방향으로 똑같은 행동을 이루어 낸다는 것, 심장 약한 사람들이 봤다면 그 자리에서 졸도를 했을 모습들이다.

물론 바한은 꿈쩍도 하지 않았다.

그렇게 얼마간의 대치가 끝날 무렵 돌연 귀신들이 피에 젖은 눈을 더욱 강렬하게 떴다.

그리고.

"끼아아악!"

수많은 귀신들이 일제히 비명을 질렀다.

몰란덱은 부지불식간 두 귀를 막으며 자리에 주

저앉았다.

귀신들의 비명은 사람의 귀로 듣기엔 너무 고음이었고 찢어졌다. 제정신으로 듣기조차 벅찬 울음이었다.

그 어떤 노랫소리보다도 높은 그들의 비명은 사방으로 퍼졌다. 귀신들은 그렇게 비명을 지르며 바한을 향해 무작정 돌진했다.

획획 하는 소리가 사방을 울렸다.

질량이 없는 귀신, 불투명한 그들은 세상 모든 물체를 뚫고 날아올라야만 한다.

가능성의 문제가 아닌 그들만의 특성이었다.

그들은 물건을 집을 수도, 서로 입을 맞출 수도 없지만 가장 깊은 땅속을 자유로이 오가고 가장 높은 하늘을 무리 없이 날아오른다.

그렇지만 역시나, 질량을 가진 존재를 어찌할 수는 없었다.

두 손을 펼쳐 바한과 창을 움켜쥐려는 귀신들의 공격 아닌 공격은 모조리 빗나가 버리고 말았다. 빗나간 수준이 아니라 통과해 버렸다.

그들의 한계가 여실히 드러나는 순간이었다.

하지만 그들은 포기하지 않았고 무려 반 시간이 넘는 시간 동안 귀신들의 맹목적인 공격이 줄을 이었다.

바한은 바위처럼 그곳에 서서 여전히 귀신들의 어이없는 행태를 보며 냉소 지었다.

바한의 입이 천천히 열렸다.

"이제 만족하나?"

귀신들에게서는 답이 없었다.

그들은 하늘 끝을 찍을 듯한 분노 어린 눈빛으로 바한을 노려보았다.

자아도 없고 지혜도 없는 존재들, 한때 용과 함께 숭상을 받았던 귀신들이 혼을 잃고 방랑하는 모습은 일견 처량하게도 보였다.

"너희는 내가 풀어 줄 때까지 절대로 지혜와 자아를 되찾을 수 없다. 너희들의 뽑을 수 없는 피로 제련이 된 이 창은, 용암에 떨어져도 녹지 않을 것이고, 창날 밑의 수실도 타지 않을 것이다. 게다가 난 너희들의 재산을 물려 줄 생각도 없다. 너희는 그렇게 영원히 세상을 방랑하며 살 테고, 이윽고 지치면 자연스레 세상에서 사라지는 쪽을 택하겠지. 그것이 너희들의 미래다. 바꿀 수 없는 미래."

냉혹한 목소리, 냉혹한 말투였다.

귀신들이 부르르 떨었다. 바한의 말투에서 느껴지는 어떤 감정의 여파가 전달이라도 되었을까?

그들은 한층 더 분노했지만 더 이상의 행동을 감행하지는 않았다.

"몰란덱. 갑시다."

자신을 명확하게 지시하자 몰란덱은 땅에서 두 발을 뗄 수 있었다. 몰란덱은 혼란스러운 눈으로 바한을 쳐다보며 물었다.

"어디로 간단 말이오?"

"한때 인간들의 욕망이 가장 절정에 달했던 곳. 오만과 비뚤어진 믿음으로 세워져 퇴폐와 향락 때문에 무너졌던 역사가 서린 곳. 인간들이 만들었던 최초의 왕국이자 최후의 왕국이 되어 버린 그곳. 우리는 그곳으로 갑니다."

몰란덱의 눈꺼풀이 파르르 떨렸다.

"설마……?"

"우리는 쥬마 고원으로 가야 합니다."

바한의 눈동자가 얼핏 광한수림으로 향하는 듯

했다.

"우리의 나머지 일행들도 자연히 그쪽으로 발길
을 돌리게 될 겁니다."

‡　　‡　　‡

타오르는 화염 같은 깃털을 가진 채 강렬한 존재
감을 과시하며 날아오른 두 마리의 주작이 도착한
곳은, 재빠르게 광한수림을 벗어나는 아무르 일행
의 앞이었다.

느닷없이 하늘 높은 곳에서 날아와 번개처럼 바
닥에 꽂힌 두 마리의 거조를 보며 일행은 경악했지
만 고르고를 업은 쿨리아와 아무르만은 전혀 당황
한 빛이 아니었다.

쿨리아가 미소를 지으며 물었다.

"네가 부른 거야?"

"아니요. 저들이 우리를 찾아서 온 거겠죠."

"무슨 이유 때문에?"

"저들이 알고 있으니까요."

"무엇을?"

"배신과 복수의 이중 존재 개념, 그리고 신이 피워 낸 멸망의 꽃을 가진 채 인간의 멸망을 향해서 무조건적인 돌파만을 생각하는 분노의 대리자. 그 중간에서, 인간을 위해 화해를 도모할 수 있는 유일한 사람이 나라는 것을 주작들은 알고 있어요. 이 둘이 이곳에 온 것은 그런 이유 때문이에요."

이것이 무슨 소리인지 알아들을 수 있는 사람은 적어도 이곳에 없는 듯했다.

쿨리아만이 어렴풋이 그녀가 말하는 뜻 일부를 깨우쳤지만, 그런 그녀도 정확하게 모든 걸 파악할 수는 없었다.

그래서 그녀는 궁금한 점을 물었다.

"순결의 상징. 하늘도 땅도, 오른쪽도 왼쪽도 아닌 정확한 중간. 세상의 조화를 위해 언제나 높은 고지대에서 아래를 내려다보는 순수의 눈. 이들의 특별함을 모르는 건 아니지만 어떤 끌림이 있어서, 누가 시켜서 이곳에 온 것이지?"

아무르의 입가에 고요한 미소가 어렸다.

"그들 스스로가 알고 있었어요. 바한이 그랬고, 나도 그랬듯이, 그들도 존재 이유가 있으니까요."

"존재 이유라니?"

"용의 후손이자, 용, 그 자체이니까. 과거 그렇게도 인간을 위해 힘썼던 그들이, 죽기 직전까지도 세상과 인간을 걱정해 남겼던 그들 스스로의 또 다른 자아니까."

아리송한 말이었다.

쿨리아는 고개를 갸웃거렸지만 더 이상 묻지 않았다.

모아라나 가빌라 역시 마찬가지였다.

두 남녀는 도대체 이전부터 이 두 여자들이 무슨 소리를 하는지 아무것도 이해할 수 없었고 아무것도 판단하지 못했지만 묻지도 않았다.

물어서는 안 될 분위기라는 걸 몸으로 깨달았기 때문이리라.

"자, 타죠."

"이들은 어디로 가려는 걸까?"

"이중 존재 개념과 분노의 대리자가 만나게 될 접점. 모든 것이 시작될 곳이자 모든 곳이 끝나게 될 곳으로 가게 될 거예요."

"거기가 어딘데?"

아무르의 푸른 눈동자가 환한 광채를 발했다.

"판주아의 왕실이 있었던 오만의 폐허. 쥬마 고원이요."

‡   ‡   ‡

바한의 창이 허공의 어느 한 지점을 가리켰다.

그러자 뒤를 따르던 수많은 귀신 무리에서 일부가 자연스레 튀어나와 서로 엉키기 시작했다.

아무리 불투명하며 똑같이 생긴 그들이라지만, 너무나도 인간과 흡사한 외관을 지닌 존재들이 귀신이었는데, 그런 귀신들 백이 모여서 뒤죽박죽 엉키는 모습은 가히 바라보고 싶지 않은 광경이었다.

몰란덱은 눈살을 찌푸렸지만 이 신비한 귀신들이 또 무슨 짓을 하는가 싶어 눈을 떼지는 않았다.

이윽고 백에 이르는 귀신들은 뭉쳐지고 합쳐져

두 마리의 거대한 새를 만들어 냈다.

투명하고 투명해서 도무지 세상에 존재해서는 안 될 것처럼 보이는 두 마리의 새는 어쩐지 주작과 닮아 있었다.

바한이 쓴웃음을 지었다.

"용이 주작을 남겼듯, 너희 또한 너희 스스로가 남긴 존재들이라 이건가? 완전에 이른 존재들은 서로 통하는 게 있는 모양이군."

몰란덱은 이제 바한이 어떤 말을 하는지 알아듣기를 포기했다.

그는 알 수 없는 이끌림에, 그리고 강렬한 호기심에 뒤덮여 그저 바한의 뒤를 따를 뿐이었다.

바한은 천천히 뒤를 따른 회색늑대의 머리를 쓰다듬었다.

"이제는 모두가 하나로 통합될 때가 왔다. 동포들을 불러 나의 뒤를 따라 쥬마 고원으로 와라. 멸망시키기 전에 주도자를 제거하고 나의 뜻을 펼치리라."

회색늑대는 하늘을 바라보며 길고 긴 울음을 토해 내고는 엄청난 속도로 광한수림을 향해 달렸다.

지금까지 보였던 늑대로서의 능력이 아니었다. 마치 빗살과도 같은 속도였다.

몰란덱의 눈이 다시 한 번 끔뻑일 때 바한의 목소리가 그의 귀를 강타했다.

"몰란덱, 새 한 마리에 타십시오."

"여기에 타란 말이오?"

"그렇습니다."

"아니, 귀신들이 뭉쳐서 만든 새가 아니오? 타는 순간 그대로 고꾸라지는 거 아니……."

그는 입을 합 다물었다.

바한이 놀라우리만치 익숙한 동작으로 한 마리 새 위에 올라탔기 때문이다.

투명하다 뿐이지 깃털 하나하나 놀랍도록 생생하게 만들어진 새들은 허공을 향해 비명을 질렀다.

주작처럼 변했지만 그들의 포효는 주작의 그것이 아닌 귀신의 비명이었다.

몰란덱은 군말 없이 다른 한 마리의 등에 탔다.

그렇게 두 사람을 태운 귀신들의 새는 펄럭이며 하늘을 날기 시작하더니 곧 무시무시한 속도로 허공을 가르며 나아가기 시작했다.

몰란덱은 자신도 모르게 비명을 지를 뻔했다.

이전에 주작을 타면서 광한수림에 도달했던 전적이 있는 그였다.

그때도 이 말도 안 되는 비행을 하면서 속이 뒤집어질 것 같았었는데 지금은 오히려 그때보다 더한 것 같았다.

날갯짓을 하지만 바람의 파공성조차 없는 주작 귀신들은 실제 주작보다 두 배는 더 빨랐고, 몇 배는 더 현실감이 없었다.

이 정도 속도라면 하루가 지나서 쥬마 공원에 도착할 것 같았다.

너무나 빠른 속도 때문에 눈조차 감아 버린 몰란덱은 새의 깃털을 꽉 쥐면서 생각에 잠기기로 했다.

손에 잡힌 감촉은 분명 주작의 그것과 놀라우리만치 비슷했다. 직접 보지 않았다면 정말 진짜 주작에 탄 줄로 알았을 것이다.

'나는 왜 여기에서 바한과 함께 쥬마 공원으로 가는 것일까?'

그것을 생각해 내기에는 뒤늦은 감이 있었지만,

이전까지의 그는 스스로 생각을 돌볼 시간이 없었다.

시간이 있었어도 마찬가지였겠지만. 물론 몰란덱은 이미 지나가 버린 일을 후회하는 성격이 아니었기에 곧 후회 엇비슷하게 올라왔던 감정을 훌훌 털어 냈다.

중요한 건 그게 아니었다.

'바한은 분명 평범한 사람이 아니야. 아니, 평범한 사람 정도가 아니지. 파란 눈동자는 그가 데리고 다니던 회색늑대와 닮았어. 하지만 그보다도 더 깊어. 색의 문제가 아닌, 뭔가가 있는 눈이다. 게다가 몸을 감쌌던 시커먼 안개는……?'

사람의 몸에서 시커먼 안개가 나올 수 있는가?

당연히 그럴 수 없다. 가능하지가 않다.

지금의 바한은 몰란덱이 알았던 모든 상식과 지혜를 뒤집어엎는 존재였다.

그렇게 몰란덱은 자신의 내부를 향해 달려가고 있었다.

외부와의 단절을 공표하고는 자신과 대화를 하기 시작한 것이다.

바한은 그런 몰란덱을 보며 알듯 모를 듯한 미소
를 지었다.

‡   ‡   ‡

질긴 천으로 쿨리아의 등에 동여매어져 정신을
잃은 고르고는 자신이 지금 꿈을 꾸고 있다는 걸
자각했다.

이른바 자각몽(自覺夢)이랄까.

그는 아무것도 없는 포근한 어둠을 걷고 있었다.

인간은 어두움을 두려움과 거의 동의어로 사용
하는 경향이 있었고, 고르고 역시 거기서 벗어날
수는 없었다.

하지만 지금의 어두움은 두려움보다 포근함과
안락함을 주었다.

게다가 빛 한 점 들어오지 않는 어둠에서도 자신
의 몸은 분명하게 보였다.

그렇다고 몸에서 빛이 나는 것도 아닌데.

"꿈의 세상은 다 이런가?"

그는 고개를 갸웃거렸다.

물론 살아오면서 이게 꿈이구나, 하는 순간은 있었지만 이렇게 명확하게 인지한 꿈은 처음이었다.

꿈이지만 현실보다도 더 현실 같은 꿈.

"나는 지금 여기서 뭘 하고 있는 거지?"

그때였다.

연신 고개를 갸웃거리며 이 괴이한 사태에 대해 고민을 하고 있는 그의 앞으로 한 명의 사람이 뚜벅뚜벅 걸어왔다.

어둠에서도 구분이 되는 새카만 옷을 입은 남자는 키가 무척이나 컸다.

덩치도 당당했고, 조금은 무표정했지만 굉장히 사내다워서 누구나 감탄이 나올 것 같았다.

별 무리가 새겨진 것처럼 오묘한 눈빛을 머금은 자.

고르고의 눈이 커졌다.

"바한!"

그는 바한이었다.

고르고는 바한에게 뛰어가다가 이내 천천히 발을 멈추었다.

그가 아는 바한이 아니었다.

그가 알았던 바한은, 사람이 이해하기에 뭔가 어려운 면모를 보여 주는 사람이었다.

남자다운 얼굴이었지만 지독하게 모호해서 제대로 날 바라보고 있는지, 내가 그를 바라보고 있는지 판단조차 하기 어려운 분위기가 있었다.

눈을 보면 빨려 들어가 길을 잃을 것만 같았고, 그렇다고 보지 않으면 뭔가 아쉬움이 남아 자꾸 힐 끗거리게 되는 오묘한 힘이 있는 남자였다.

하지만 눈앞에 바한은 그러지가 않았다.

너무나도 확실히 외모를 인지할 수 있었다.

잔잔하고도 모호한 눈빛은 그대로였지만 이전처럼 빨려 들어갈 것 같은 눈빛이 아니라 모든 것을 이해하고 모든 것을 수용하는, 조건 없는 포용이 엿보이는 눈빛이었다.

진한 남자의 외모와 조금은 어울리지 않는다.

현실과 달리 꿈속에서 보는 바한은 다정다감함이 가득한 남자였다.

"고르고."

목소리는 그대로였다.

고르고는 침을 한 번 삼키고 대답했다.

"바한? 바한 맞죠?"

"그렇습니다. 내가 바한이 맞습니다."

"그렇죠? 괜히 내가 기분이 이상해서……."

"이해합니다."

무엇을 이해한다는 것일까?

내 기분이 이상하다는 걸 이해한다고? 그걸 어떻게 이해해?

고르고는 고개를 한 번 더 갸웃거렸다.

외형, 목소리, 말투가 모두 그가 알았던 바한이었지만 평소의 그와는 미묘하게 달랐다.

고르고는 피식 웃으며 자리에 앉았다.

"살다살다 참 이상한 꿈도 다 꾸네요."

"이게 꿈이라는 걸 자각하는 겁니까?"

"네? 아, 그럼요. 왜 기절까지 하면서 이런 꿈을 꾸는지 모르겠지만 저는 꿈을 꾸고 있다는 걸 느껴요. 약간 묘한 감각이네요, 이거?"

바한은 살짝 웃었다.

"그렇군요."

"이야, 꿈이라서 그런지 바한 당신도 굉장히 사람다워졌네요. 현실에서는 그렇게 무뚝뚝했으면서."

"지금도 충분히 무뚝뚝하다고 생각합니다만?"

"하하. 말투는 그대로라서 적응이 되네요."

고르고가 허리를 두들겼다.

"아이고, 삭신이 다 쑤시네. 힘들어도 어서 꿈에서 깼으면 좋겠는데."

"꿈에서 벗어나고 싶습니까?"

"솔직히 지금 워낙 편안해서요. 여기서 며칠이고 쉬고는 싶은데, 저 때문에 고생할 동료들을 생각하면 그래선 안 되지요. 그런데 이 꿈을 어떻게 깨는지 나도 모르니까, 그냥 시간에 맡겨야죠."

툴툴거리며 이야기하는 고르고는 약간 의아한 눈으로 바한을 바라보았다.

바한의 눈동자에는 자애가 넘쳤다.

"나는 당신이 이 꿈에서 깨어날 수 있는 방법을 알고 있습니다."

"네? 정말요?"

"깨고 싶습니까?"

"네! 알고 있다면 가르쳐 주세요! 저 때문에 다른 사람들이 피해 보는 건 별로 좋아하지 않아요."

"그렇겠죠."

바한은 천천히 고르고 앞까지 다가와 풀썩 주저앉았다.

서로를 마주 보며 앉은 두 명의 남자는 제법 친근한 분위기를 과시하며 말없이, 그렇게 앉아 있었다.

문득 바한이 물었다.

"고르고. 당신은 운명이나 숙명이라는 단어를 믿습니까?"

고르고의 얼굴에 어리둥절함이 묻어 나왔다.

물론 가끔 바한은 생각지도 못한 질문을 해서 사람을 당황시키는 재주가 있었지만 이런 거창한 주제를 꺼낸 적은 없었던 것이다.

"운명이나 숙명이요?"

"그렇습니다. 흔히들 세상에 날 때부터 모두가 가지고 있는, 자신만이 가질 수 있고 자신만이 할 수 있는 그러한 일을 나는 말하고 있는 겁니다."

"음…… 왜 갑자기 이런 질문을 하는지 모르겠지만, 솔직히 믿지는 않아요."

"왜 믿지 않습니까?"

바한의 눈동자는 자애롭고 깊었지만 그만큼 진지했다.

더러 고르고의 눈빛 역시 한없이 진중해졌다.

"운명이니 숙명이니, 결국 이미 태어날 때부터 정해져 있다는 뜻이잖아요? 그것처럼 재미없는 인생이 어디에 있겠어요?"

"대부분의 사람들은 자신의 운명이 뭔지, 숙명이 무엇인지 깨닫지조차 못하고 있지 않습니까?"

고르고가 크게 웃었다.

"하하하! 바한이 이런 질문을 하게 될 줄은 몰랐네요?"

"그런가요?"

"네. 하지만 뭐 대답은 하는 게 예의겠죠?"

바한이 웃었다.

고르고는 대답하였다.

"바한 말대로 운명이 뭔지, 숙명이 뭔지를 모르는데 깨닫는다는 말 자체가 어떻게 성립이 될 수 있겠어요? 모르는 건 끝까지 모르는 것이죠. 그건 말이 안 되는 거죠. 운명이 있다면 어떤 시기에, 어떤 일을 벌여야만 하는지를 대략적이나마 알아야 자신의 운명이 어느 순간인지를 아는 겁니다. 그런데 그렇게 되면 운명이라는 단어를 쓸 필요가 없게 되요. 즉, 말하자면 운명이라는 건 장난 좋아하는 어느 몹쓸 놈의 말장난에 불과하다는 거죠. 숙명도 마찬가지고요. 나는 그렇게 생각하는데요?"

"고르고다운 대답입니다."

"하하, 제가 원래 이런 놈입니다. 고아한 사람이 되지는 못해요. 옛날부터 총교장님에게 많이 혼났지요."

"그렇다면, 만약에…… 만약에 당신에게 운명이 있다고 칩시다. 그럼 어떤 운명이 있기를 바랍니까?"

"운명이라……."

심각하게 생각해 본 적이 있었지만 금세 털어 냈던 주제이기도 하기에 고르고는 고심했다. 하지만 그의 고심은 길지 않았다.

"내가 바라는 운명은 그저 이대로 살아가는 거예요."

"이대로 쭉, 세상을 방랑하며 당신이 가진 모든 호기심을 충족시키는 것. 그것이 운명이었다면 좋겠다는 겁니까?"

"맞아요. 나는 지금 내가 사는 게 즐거워요. 거기에 무슨 어깨를 짓누르는 운명입네, 해서 날 멋대로 바꾸는 것도 싫어요."

"그렇다면 지금 당신이 살아가는 자체가 이미 운명에 눈을 떴다고 표현해도 좋겠군요. 그 외에 당신은 아무것도 눈에 들어오지 않고 맹목적인 길을 걷고 있으니까요."

고르고는 멋쩍은 듯 뒤통수를 긁었다.

"그렇게 해석해 준다면 고맙기야 하죠."

"그것이 당신의 운명이라면, 당신은 운명을 깨우친 사람이 되겠습니다."

"그렇죠. 하하, 정작 운명을 부정했으면서도 이렇게 들으니까 기분이 나쁘지 않네요."

"하지만 말입니다."

일순간 바한의 눈동자에서 기묘한 푸른 빛깔의

광채가 뿜어져 나왔다.

고르고는 움찔했지만 묘하게 편안한 스스로를 느끼며 놀랐다.

"당신에게 만약 다른 운명이 드리워져 있다면, 애초에 태어났을 때부터 가진 당신만의 운명이 있다면, 그리고 인생이 끝날 때까지라도 반드시 행해야만 할 운명이라는 것이 있다면 어떨 것 같습니까?"

"운명이 있다……."

고르고가 고개를 저었다.

"당신이 말하는 그 가정에서, 운명에 대한 거부권이 존재하나요?"

"무엇이든 좋습니다. 당신의 생각이 그저 듣고 싶을 뿐이니까요."

"글쎄요. 아까 말했다시피 저는 운명이라는 걸 별로 좋아하지 않아요. 믿고 싶지도 않고. 얼마나 따분해요? 운명에 따라서 사람이 행동해야 되는 거라면 사람의 자유 의지를 박탈당한다는 것과 다를 게 없잖아요? 저는 그런 고루한 삶을 살고 싶지는 않아요. 전에 바한이 그랬죠? 나는 모든 동

물이 가져야 할 종족 번식의 본능을 저버린 특이한
사람이라고요. 맞아요. 모든 동물들은 그래요. 후
세를 남기고 싶어 하죠. 그렇지만 난 굳이 그러고
싶지 않아요. 내 한 몸 즐기기도 모자란 인생인데
왜 그런 의무까지 내가 떠맡아야만 하죠? 아, 물
론 그렇다고 남녀 간의 정리를 나쁘게 보는 건 아
니에요. 그저 난 타인과 조금 다르다는 것이죠."

"그렇다면 당신은, 당신에게 내려진 운명을 거
부한다는 겁니까?"

"어감이 좀 그렇긴 하지만, 그래요. 거부할 것
같아요. 다만 거기에는 전제가 붙어야죠."

"어떤 전제 말입니까?"

"내가 하고자 하는 일에, 내가 걷는 길에 우연
치 않게 발로 차이는 운명이라면 나는 수용할 것
같아요. 이왕 내가 하고 싶은 게 운명과 닿아 있다
면 굳이 거부해서 피 보고 싶진 않거든요. 하지만
그게 내 의지를 벗어난 일을 무조건적으로 해야 한
다거나 혹은 누군가를 직접적 혹은 간접적으로 피
해를 주는 일이라면 피하고 싶어요. 사람이 살아가
면서 타인에게 간접적으로 끼치는 피해는 분명히

있고, 그걸 모른 채 저지른다면 굳이 죄라고 불리
진 않아야 하지만, 이미 알고 있으면서도 저질러야
할 운명이라면 난 단호하게 포기하겠어요."

"그렇군요."

"상당히 입맛대로인 발언이었죠?"

"아닙니다. 당신의 생각을 정확하게 꿰뚫을 수
있어서 좋았습니다. 소신 있는 발언이었어요."

"하하, 고마워요. 만약 다른 사람 앞에서 이딴
소리를 했다면 바보라며 머리통이나 한 대 맞았을
거예요. 특히 총교장님 앞이었다면 확실하죠."

"그럼 내가 당신에게 하나 부탁을 해도 되겠습
니까?"

그동안 지내면서 바한의 부탁이라는 것이, 부탁
이라는 단어를 쓰기에도 민망할 정도의 사소한 것
이었음을 고르고는 알고 있었다.

하지만 이번 바한의 부탁이라는 말에 대해서는
섣불리 고개를 끄덕일 수가 없었다.

무게감이 다르다.

바한은 진정으로, 온 힘을 다해 자신에게 부탁하
고 있다는 느낌이 강했다.

그는 일순 말을 잇지 못했지만 바한의 투명한 눈동자를 보며 고개를 끄덕였다.

"당연히 그래야죠. 당신 덕분에 신세계를 보았고, 당신 덕분에 목숨도 부지했는데요. 당연한 겁니다. 설령 당신이⋯⋯."

"나를 막아 주십시오."

"나에게 목숨을 달라⋯⋯ 에? 뭐라고요?"

"나를 막아 주십시오. 부탁합니다."

알 수 있는, 잘 알아들을 수 있는 단어들의 조합이었다.

그렇지만 고르고는 당황했다.

자신을 막아 달라니, 이게 무슨 소리란 말인가?

"저기, 바한. 이게 도대체 무슨 소리죠? 바한 당신을 막아 달라니요?"

"제가 부탁할 것은 오직 그것뿐입니다."

"아니, 그러니까⋯⋯."

"고르고. 나는 이렇게 태어났습니다. 존재하기를 태초에 그리 존재한 고약한 놈입니다. 아무르는 나와 세상의 화해를 위해 태어난 또 다른 신의 강제적인 놀림감에 지나지 않습니다. 물론 그녀가 맡은바 소임을 다한다면 세상에는 평화가 나타나겠지요. 그렇지만 이 싸움은 신과 신의 싸움이 되어서는 안 됩니다. 지성 있는 모든 존재들은 물론, 세계에 나고 자란 자식들은 신이 내놓았으나 신의 품을 벗어난 이들이 되어야만 합니다. 그것이야말로 성급한 자유이고, 고된 자유이지만…… 진정한 자유이기도 합니다. 맹수의 제왕인 호랑이는 호랑이답게, 사자는 사자답게, 늑대는 늑대답게 살아가야 합니다. 식물인 나무는 나무답게 살아가야 하고, 지성 있는 존재들 즉, 용은 용답게, 귀신은 귀신답게, 사람은 사람답게 살아야만 하는 것입니다. 어떤 다른 존재의 손에 태어났다고 해서 그 존재의 부름에 순응하기만 해서는 안 됩니다. 이런 싸움이 되어서는 안 되는 겁니다. 몰란텍 역시 스스로의 의지가 거세어 본능과 싸우고 있지만 사유가 거듭될수록 그는 늪에 빠져 본능이 시키는 대로 그 파괴적인 도끼를 휘두르게 될 겁니다. 하지만 고르고, 당신은 다릅니다. 운명을 거부하고 숙명에서조차 벗어난 당신은 다릅니다. 내가 아니라면 몰란덱이라도 막아 주십시오. 이 싸움에서, 자유의지를 가진 채 눈을 뜬 사람들 중 한 사람이라도 고독 속에 죽어 가선 안 됩니다. 그것이야말로 신의 실수이고, 신의 패악입니다. 신이 진정 신으로 남기 위해서는 모두가 도와야 하며 동시에 우리도 우리 스스로를 도와 마땅히 사람답게 살아남아야 합니다."

고르고는 당황했다.

지금 바한이 무슨 말을 하고 있는지 도무지 알 수가 없었기 때문이다.

하지만 평소라면 엄청난 건망증 때문에 문장의 앞 글자를 이미 잊었어도 모자랐을 터인데, 바한의 긴 말은 한 글자, 한 글자가 머리로 각인되었다.

바한은 가볍게 한숨을 쉰 후 다시 웃었다.

그의 웃음은 밝고, 다정하고, 서글펐다.

"물론 이것은 부탁이고, 당신에게 강요하는 것이 아니니 자유 의지를 가진 사람으로서 고르고 당신은 선택할 수 있습니다. 아니, 선택해야 함이 마땅합니다. 특히나 숙명이니 운명이니 하는 고약한

법칙에 사로잡히지 않은 당신은 반드시 선택해야
합니다. 그것이 정의 이끌림이든 정의의 울부짖음
이든, 사랑이든, 뭐든, 당신은 당신의 의지를 가진
채로 선택해 주십시오. 여기까지가 내가 당신에게
보여 줄 수 있는 최대한의 예의입니다."

고르고는 멍하니 입을 벌렸다.

바한은 자리에서 일어나 고르고를 향해 한차례
절을 올렸다.

은혜를 입은 사람이 은인에게나 보일 법한, 극도
의 공경을 담은 예법이었다.

고대 판주아 시절에선 군왕이나 성자를 위해서
만 취할 수 있었던 진정한 인사.

고대의 예법이었다.

고르고는 당황해서 어찌 행동해야 할 바를 몰랐
다.

"당신을 만나 한순간이나마 내가 인간임을 알았
고, 행복을 알았고, 감정이라는 걸 알았습니다. 당
신은 저에게 은인입니다. 내가 설령 영혼조차 구제
받을 수 없는 시궁창에 처박혀 평생을 고통 받을지
라도 당신에 대한 감사함을 잊지 않을 것입니다.

짧은 순간이나마 당신과 함께할 수 있어서 영광이었습니다."

그렇게 절을 올린 그는 천천히 등을 돌려 저 멀리로 걸어가 버렸다.

고르고는 눈물을 흘렸다.

이대로 다시는, 지금의 바한을 볼 수 없다는 확신이 들었다.

바한은 다시 나타나지 않을 것이다.

다음에 만약 바한을 본다 해도 그는 이미 바한다운 바한이 아니리라.

바한은 자신을 향해 마지막 인사를 하러 온 것이며 동시에 부탁을 하러 온 것이었고, 감사를 표하기 위해서 온 것이었다.

또한 그는 자신을 막아 달라면서 동시에 존재의 소멸, 즉, 자신을 죽여 달라고 말하고 있었다.

똑똑한 고르고는 그의 말속에 존재하는 그의 간절한 바람과 진정한 뜻을 알 수 있었다.

막을 수 없는 바한의 길.

고르고는 흐르는 눈물을 닦지도 않은 채 크게 소리를 질렀다.

"바한!"

어둠 속으로 사라져가던 바한이 살짝 뒤를 돌아 보았다.

고르고가 환하게 웃었다.

"당신의 부탁은 내가 반드시, 반드시 들어줄 겁니다!"

고르고는 바한이 어둠 속에서 웃었다고 생각했다.

다시는 보지 못할 다정하고 서글픈, 그런 웃음을 지었다고 생각했다.

그렇게 고르고는 꿈에서 깨어날 수 있었다.

‡ ‡ ‡

"절 풀어 주세요."

느닷없이 들린 목소리에 쿨리아는 깜짝 놀랐다.

그녀는 조용히 뒤를 돌아보고는 서둘러 천을 풀

었다.

주작이 날아가는 속도가 실로 무시무시했지만 그녀의 손길은 정확했고 머뭇거림이 없었다.

그녀는 축축하게 젖어 드는 자신의 어깨를 느끼며 침음하다가 한마디 던졌다.

"슬픈 꿈이라도 꿨어?"

"네."

고르고의 눈에서 더욱 많은 눈물이 흘렀다.

그 눈물이 흡혈귀인 쿨리아의 어깨를 가득 적셨지만 그녀는 그에 대해 뭐라 말하지 못했다.

등을 통해 전해지는 고르고의 진한 감정은 요괴인 그녀의 마음조차 흔들어 버렸다.

"무슨 꿈을 꿨는데 그렇게 우는 거야?"

"이제는 다시 보지 못할 바한의 꿈이요."

"대인의 꿈?"

"네, 바한이요."

"대인이 뭐라고 말했는데 그렇게 울어?"

"바한은요."

고르고의 눈이 질끈 감겼다.

"바한은 이제 세상에 없어요. 다시 만나게 되면

자신을 죽여 달라고 그는 내게 부탁했어요."

쿨리아는 입을 쩍 벌렸다.

‡　　‡　　‡

반투명한 거대한 두 마리 새를 타고 날아가는 바한과 몰란넥 뒤로 수천의 귀신이 따라붙었다.

허공을 관통하듯 날아가는 그들의 속도는 그야말로 번개와 같아서 주변 광경이 휙휙 지나갔다.

태양을 가린 먹구름조차 그들의 무자비한 속력에 질려서 멀찍이 도망쳐 버렸다.

하지만 그들이 지나갔던 길, 이미 과거가 되어 버린, 점유했던 공간의 영역에는 시퍼런 벼락이 우박처럼 쏟아지고 있었다.

정확하게는 바한이 지나갔던 자리 뒤로 가히 꿈에서도 보고 싶지 않은 무자비한 벼락의 세례가 재앙처럼 쏟아졌다.

종말의 광경이 이와 같을 것인가.

바한의 눈동자가 일순간 파르르 떨렸다.

그는 주작 귀신을 타고 날아가면서 동시에 내부에 침잠했다.

이제는 익숙한 공간. 새카만 어둠으로 사방을 치장한 그곳.

그는 자신의 발밑을 바라보았다.

이전까지 왜 있었는지 모를, 하지만 어딘가 아련하기도 했던 묘한 싹은 이제 시들시들해져 버렸다.

동시에 사방을 점유했던 어둠은 더욱 크게 기지개를 켠 듯했다.

바한의 눈이 깊어졌다.

더할 나위 없이 깊은 푸름으로 별빛을 아로새긴 그의 눈이 깊어지고 깊어져 이젠 검은색인지 푸른색인지 분간이 가질 않았다.

저 멀리서 목소리가 들렸다.

"고약한 녀석이었어."

바한은 이 목소리의 주인을 이제는 알 것 같았다.

바로 자신의 목소리였고, 동시에 근본이며 따로

떼어 놓을 수 없지만 이곳에서만큼은 떼어 놓을 수 있는 주체를 가진 존재의 목소리였다.

바로…… '배신'의 목소리.

"자, 이제 우리를 가로막았던 하찮은 인성(人性)도 스러졌으니 거칠 것 없겠군."

그 옆에서 아주 흡사하지만 묘하게 울림이 다른 목소리도 들려왔다.

바한은 이 목소리의 주인이 '복수'임을 깨달았다.

"멸세화를 취한 '광기'와 그를 보좌하는 '거짓'이 오만의 고원으로 향하고 있다. 대략 우리와 비슷한 시간에 도달할 수 있겠어. 거기서 모든 것이 끝나고 동시에 시작한다."

"이제는 더 이상 멈추지 않겠어."

"이제는 때가 되었다."

"이제는 누구도 거세어진 불길을 막을 수 없다."

"설령 부활자라 할지라도."

"설령 신이라 할지라도."

"설령 자연의 대리자라 할지라도."

"설령 세상 그 자체라 할지라도."

배신과 복수의 기묘한 대화 아닌 대화는 바한의 머리를 한없이 흔들어 버렸다. 하지만 바한은 생각했다.

'너희는 왜 그렇게 날 선 대화를 나누는 것이지? 나는 왜 너희를 이렇게 따로 떼어 놓고 볼 수 있게 된 것이지?'

그는 다시 한 번 자신의 발밑에서 스러져 버린 자그마한 싹을 보았다.

싹인지 안개인지도 불분명한 형태를 한 그것은 너무나도 가련하고 약해 보인다.

한 점의 생기조차 느껴지지 않는 싹은 이미 죽음이 가까워져 있었다.

'이 싹, 어디서 많이 보았는데.'

동시에 생각이 났다.

바한은 탄성을 질렀다.

'부활화의 싹과 닮았다.'

정확하게는 분위기나 느낌이 닮았다.

신성으로 물든 꽃, 화신의 정령.

신의 수많은 의지 중 하나로서 세상을 향해 나아

가 자연의 조화를 도운 아름다운 존재.

그때 추상과도 같은 배신의 외침이 들려왔다.

"무엇을 그리 멍하니 보는 것인가! 이미 인성의 싹이 죽은 이상 너는 그저 우리가 쓴 껍데기에 불과해! 이리 와!"

인성의 싹이 죽었다고?

'그렇군.'

이 싹은 인성의 싹이었다.

천 년 전 그가 태어났을 때, 신수마부로서의 삶을 영위하고 있을 때부터 가지고 있었던, 인간으로 태어난 그가 가진 그만의 또 다른 자아.

거의 신에 가까운 배신과 복수의 행로를 막을 정도로 인성이라는 씨앗이 대단한 것인가?

그렇지 않을 것이다.

바한은 분명히 그렇다는 걸 알고 있었다.

그럼에도 지금까지, 이 작고 가녀린 싹은 배신과 복수에 물들어야 할 바한의 이성을 최대한 지켜 주었다.

왜?

내가 배신이고 복수인데 인성이 뭐라고 날 좌지

우지하는 걸까?

또한 이런 생각을 하는 나는 도대체 누구인가?

한없이 어지러워 바한은 바닥에 털썩 주저앉았다.

'나는 바한이다. 나는 바한이야. 하지만 나라는 존재의 근본은 배신이었다. 지금도 그렇다. 배신이고 복수야.'

확실한 사실이었다.

그렇지만 바한은 스스로 최면에 가깝도록 건 자신의 말을 들으면서도 묘하게 욕지기가 나오는 걸 느꼈다.

"이놈! 무엇을 그렇게 생각하는 거야!"

벼락처럼 강타한 이중 존재 개념의 목소리가 바한의 뇌를 흐물흐물 녹였다.

바한은 히죽 웃었다.

그래, 더 이상 고뇌는 필요가 없어.

이제는 시작과 동시의 끝, 그것만을 바라보기 위해 달리는 게 필요하다.

생각은 충분히 많이 했다.

"아직도 인성의 끌림을 받고 있는가? 한때 신조

차 두렵게 만들었던 근본, 배신이며 한때 신의 힘을 구사했던 복수의 마력까지 끌어들였던 네가 왜 그리 인성에 집착하는지 알 수가 없다. 어서 이리 와라! 그런 작디작은 것에 현혹되지 말고 네 근본과 미래를 보란 말이야!"

바한의 몸이 부르르 떨렸다.

배신과 복수가 합쳐진 이중 존재 개념의 목소리가 다시 한 번 들린 후 비로소 바한은 아직까지 버틸 수 있었던 인성의 싹이 가진 생명력을 깨달았다.

신수마부로서 가장 높은 곳에 다다랐던, 수를 헤아릴 수 없는 인간 군상들 중 역사에서도 찾아보기 어려운 고아한 경지를 엿보았던 바한이었다.

인간인 채로 신에 가깝도록 사유와 깨달음을 반복했던 그는 이미 근본을 깨우치기도 전에 인성으로 태어나 신성으로 도달했던 가장 고귀했던 영혼이었다.

세계의 역사를 생각한다면 그 칠십 년이 넘는 시간이야 찰나와도 같겠지만, 그 찰나와도 같은 순간에 바한은 신수마부로 살면서 지고한 깨달음을 얼은 각자(覺者)가 되었다.

내부에 도사리고 있던 근본을 무너뜨릴 정도로 커 나간 인성의 깨달음.

자비와 희생, 귀함과 천함에 구애받지 않는 중도.

그는 이미 모든 걸 깨우친 성인이었다.

그것이 천 년이 넘는 삶을 살아가면서 다져지고 다져져 지금까지 배신과 복수의 행동을 막아 왔던 것이다.

계획을 세워?

신의 눈길을 피하기 위해 배신과 복수의 이중 존재 개념이 인고의 시간을 참아 가면서 그리도 복잡한 짓을 했던가? 정녕 그 정도로 신의 눈길이란 무서웠던 것인가?

결코 아니다.

마음만 먹었다면, 이미 일체화를 이룬 배신과 복수가 마음만 먹었다면, 진즉에 인간은 타락했고, 신의 권위는 부정당했으며, 동시에 세계의 이치는 비틀리고 비틀어져 신성이 마비되었을 것이다.

그것을 막은 것은 신수마부로서의 인성, 지금까지 스스로의 정신을 명확하게 차릴 수 있었던 바한의 인성이었다.

지성 있는 존재들 중 가장 불완전하지만 또한 가장 많은 가능성을 가지고 있는 존재들.

이미 완성이 되어 버린 용과 귀신과는 달리, 완전하지 않기에 가장 높은 곳에 도달할 수 있는 권한이 주어진 존재들.

인간.

바한은 인간이었다.

복수는 인간이었던 그 속에 잠재된 배신을 깨우기 위해 거짓으로 선동했던 것이다.

그는 거의 천 년에 해당하는 세월을 역행하며 복수신이 자신에게 말했던, 신수마부였던 시절에 말했던 바를 떠올렸다.

"머나먼 과거 그토록 많았던 용들이 지금은 왜 수가 줄었지? 배신에 물들지 않지만 그들을 자살에 이르도록 끊임없이 개념을 부여한 게 바로 너잖아? 왕국의 마지막 왕이었던 용이 왜 죽었지? 인간으로서 태어나기도 전 네가 계획했던 것 아니야? 용이 살아 있고 귀신이 살아 있으면 그들의 완전성 때문에 '배신', 너를 설파할 수가 없어. 귀신의 지혜와 자아를 봉인하기 위해 용골로 된 창을 만들었지? 너는 이런 명분으로 행동했었지. 인간들이 귀신마저도 소멸시킬지도 모른다고. 차라리 지혜와 자아를 잃은 채로 살아간다면 소멸도 없을 테니 인간이 개화될 때까지 버텨 주라고. 정말로 그렇게 생각하나?"

그렇지 않다.

바한은 반발을 느꼈다.

저 말은 사실이다.

용들이 멸망한 이유가 무엇인가? 바로 배신, 자신 때문이다.

인간으로 태어나기도 전 세상을 떠돌며 준비를 맞춘 배신이 용들의 마음을 헤집고 배신을 퍼트려 그들을 끊임없이 괴롭혀, 결국 참다못한 용들은 대다수 자살했다.

자신이 했던 짓이었다.

배신이 한 짓이었다.

하지만 세상에서 가장 교묘한 거짓말이란, 진실이 섞인 거짓말이라는 걸 바한은 깨달았다.

완전한 거짓말은 기만밖에 줄 수 없지만, 진실로 포장된 거짓은 타락한 신성을 틔울 정도의 완전한 멸망으로 사람을 이끌 수 있다.

복수신은 곧 이렇게도 말했다.

"그렇지 않아. 넌 귀신이 있으면 너 스스로 커지지 않는다는 걸 알고 있었어. 그래서 귀신의 지혜를 빼앗은 거야. 추악한 본성을 숨긴 채 너 자신에게 최면을 걸어 이것이 최선이라는 썩어 빠진 위선으로, 그들의 의사조차 묻지 않은 채 방황하는 무자아(無自我)의 존재로 강등시켜 버렸어. 진짜 그들을 위했다면 왜 진작 귀신들에게 부탁을 하지 않았지? 귀신들을 통합하고 설득했다면, 비록 어려운 일이었을지언정 방향은 충분히 잡을 수 있었겠지. 말해 봐. 왜 그들에게 부탁하지 않았지?"

바한은 여기서 거짓을 발견했다.

복수신이 했던 말은 거짓이다.

잠자고 있었던 배신은 몰라도 복수신은 모든 것을 보고 있었을 것이다.

인성으로 태어나 신성으로 물들기 시작한 신수 마부의 영혼이었으나 태고부터 존재했던 복수의 시선마저 피할 수 없었기에, 복수는 모든 것을 볼 수 있었다.

인성을 타락시키고 배신을 수면 위로 떠오르게 만들기 위한 복수의 거짓말.

'나는 귀신들의 지혜와 자아를 강제로 취한 게 아니야.'

방황하는 무자아로 만들었다는 복수의 말은 사실이 아니었다.

그는 모든 것을 보았기에 이대로 간다면 배신이 태어나지 않고 영원히 신성에 물들 것을 알았다.

그래서 자극하고 뒤집어서 인성을 옆으로 밀어 둔 채 배신을 끄집어 낸 것이다.

용과 함께 가장 지혜로웠던, 이미 완성이 된 그 많은 수의 귀신들의 지혜와 자아를 어떻게 빼앗을 수 있단 말인가?

신이 직접 나섰다면 모를까 한없이 신에 가까워졌을 뿐, 아직 빛으로서 신에 다가서지 못했던 바한의 인성은 물론 복수조차도 그렇게는 할 수 없다.

바한은 자신이 모든 걸 주도했다는 것을 깨달았다.

귀신들은 이미 배신과 복수의 준동이 심상치 않음을 깨닫고, 그들만의 힘으로 모든 걸 무마시킬 수 없다는 걸 깨달았다.

동시에 바한의 인성이 이미 신성으로 물들시 시작했음을 깨달았다.

그래서 그들은 바한에게 다가왔다.

—우리의 지혜와 자아를 취해라.

배신으로서 바한이 근본에 심취하여 그들의 모든 걸 창 안에 가두어 버렸다고? 말도 안 되는 소리!

능력도 없을뿐더러 애초에 이치에 맞지 않는 이야기였다.

용에 비견되는 귀신들을, 용들에게조차 그저 배신의 개념을 심어 두기만 했던 '배신'이 어떻게 그 많은 귀신을 한 번에 강등시킬 수 있을까? 수백에 이르렀던 용들이 자살하고 또 자살하여 수가 급감했던 총 시기는 거의 오백 년이 넘었다. 그런데 아무리 귀신이라도 근본이 깨지 않았던 신수마부가 그들을 강등시켰다?

질량에 구애받지 않고 세상 어느 곳이든 도달할 수 있었던 귀신은 수백의 죽음으로 미래를 보았던 것이다.

예지를 했던 것이다.

이 싸움이 결코 쉽지 않을 것이라는 걸 그들도 알고 있었던 것이다.

창에 봉인되었던 귀신들의 지혜와 자아.

그들 스스로가 꾸민 계획이었다.

그들은 이미 복수가 배신을 꺼내기 위해 거짓을 칠 것도 예견했고, 두 존재가 합심할 것도 예견했다.

동시에 신성에 물든 인성, 신수마부 바한 스스로가 그들을 천 년의 시간 동안 막아 갈 수 있었음을 예견했다.

그렇다면 그들은 왜 굳이 창에 갇혀 지내야만 했

을까? 무려 천 년이라는 긴 시간 동안?

바한의 눈동자에 강렬한 광채가 피어오르다가 사라졌다.

'모든 것을 되돌리기 위해.'

신의 의지란 어디까지 깃들 수 있단 말인가.

복수는 천 년 전 그에게 이렇게 말하며 조롱했었다.

"너는 '배신'으로 태어나 사람들을 구제하기 위해 '성인'이 되었구나. 세계라는 영역 안에서 가장 추악한 존재 개념이 인간들의 우상으로 숭배를 받고 있었어. 이 얼마나 극단적인 모순인가?"

극단적인 모순이라고?

당연히 모순이 되어야만 했다.

배신은 잠자고 있었기에 몰랐을 것이고, 복수 역시 승리에 취해 바라보지 못했을 것이다.

이 또한 신의 의지였음을, 그들은 모를 것이다.

‡　　‡　　‡

　아무르는 눈을 가늘게 떴다.

　주작이 날아가는 속도는, 그녀와 몰란덱이 광한 수림에 도달했던 그때보다 훨씬 빨라서 눈을 뜰 수도, 입을 벌릴 수도 없을 지경이었다.

　하지만 그녀는 눈을 떴다.

　인간의 몸으로 동공이 파열되어야 마땅할 풍압이었지만, 그녀의 눈은 생각보다 멀쩡했다.

　깨끗하게 빛나는 푸른 눈동자.

　'바한. 나는 당신과 그분 사이에 다리를 놓을 수밖에 없어요. 당신이 모든 걸 시작했지만 동시에 모든 걸 끝낼 수도 있는 거예요. 부디 내부에 잠자고 있는 신성을 바라봐요.'

　그녀는 문득 자신의 등 뒤에 매어 있는 봇짐을 만졌다.

　그곳에는 여벌의 옷과 적은 양의 식량, 그리고 두터운 책 한 권이 잠을 자고 있었다.

　아주 익숙한 책.

지금까지 살아오면서 이처럼 두근거리고 파격적인 내용의 책을 보지 못했던 그녀였다.

하지만 이제야 그녀는 이 책의 저자가 누구인지 깨달았다.

'바한.'

아무르의 눈동자에 물기가 어렸다.

처음 이 책을 읽을 때 성인을 성토에 가깝도록 적어 낸 냉소적인 글이 떠올랐다.

생명의 존엄성은 문명을 알게 된 인간이 얻은 가장 훌륭한 깨달음이라고 할 수 있지만 누구보다도 자신의 존엄성만을 강조하는 행태를 생각한다면 인간들이 깨달음의 실천을 그리 잘한다고 보기는 어렵다고 할 수 있겠다.

그런 벗어나기 어려운, 그리고 대부분의 사람들이 인정하지 않는 어려운 상식을 탈피하고 희생으로 살아가는 사람을 보통 성인(聖人)이라 부른다.

그러나 그러한 성인 역시 남을 도우면서 얻게 되는 나 자신의 평화와 욕심에 입각하여 베풂과 희생을 실천한다는 걸 알게 된다면, 다른 이들은 어떠한 얼굴로 성인을 대할 수 있을까?

성인은 성인 나름대로 자기 스스로의 만족적 존엄성을 가장 중요히 여기며 남들을 존중하는 척, 그들의 아픔을 이해하는 척 연극을 한다.

설혹 정말로 남의 아픔을 내 아픔처럼 여긴다면 그건 이미 사람이 아니라 정신 나간 변태의 자기 붕괴라 할 수 있겠다.

세상에 성인은 없다.

다만 성인이 되고 싶은 자와 성인을 괴롭히고 싶은 자, 성인을 필요로 하는 자들만이 있을 뿐.

우리는 이 지독한 모순 속 세상을 살아가고 있으니 밝음을 좋아하지만, 태양을 똑바로 바라볼 수 없고, 어둠을 싫어하지만 되레 정면으로 마주할 수밖에 없는 눈을 저주해야 할 것이다.

우리는 평생 완전한 진실에 접근할 수 없다.

이 글을 썼을 당시의 바한은 얼마나 피눈물을 흘리고 있었을까.

자신이 그토록 노력했음에도 근본이 바뀌지 않

는 인간들을 보며 고뇌하고 울었을 것이다. 그리고 이내 신성이 트였으나 내부에 잠자고 있던 배신의 악의로 인해 절망했을 것이다.

바한의 글이 이토록 냉소적인 이유는, 추악한 근본을 품고 있는 자신은 절대로 성인이 될 수 없음을, 완전에 다다를 수 없음을, 인간들을 구제할 수 없음을 깨닫고 풀어냈기 때문이다. 가히 자괴감의 극한이었다.

그녀는 또 다른 글을 생각해 냈다.

세상이 개개인의 소망과 생각으로만 움직이지 않는다 함은 어느 정도 스스로의 정체성을 자각할 만한 나이가 되어도 알 수 있을 것이다.

그러한 냉정한 세상의 틀 안에서 사람이 내일을 기대하는 것은 오늘과는 다른 변화, 보다 긍정적인 변화로 인해 추락이 아닌 비상의 희망을 품었기 때문임을 또한 대부분의 사람들이 알 수 있을 것이다.

그러나 그러한 희망은 개인이 기대하는 바와 일치하는 경우가 무척이나 적으며, 인간의 놀라우리만치 어리석고도 대단한 생리를 볼 때 그건 당연한 결과이기도 하다.

인간은 보다 나은 내일을 기대하지만, 그것을 구체적으로 상상하지 못하는 바가 많고 추상적이기에 분수 넘치는 과다 희망을 품는다.

그리고 그러한 과다 희망은 시간이 지날수록 지칠 줄 모르는 거대화로 종래에는 사람의 가슴에 못을 박는다.

진정으로 자신을 위한다면 세상의 냉혹함을 알지만 말고 직접적으로 깨달아야 한다.

자신의 희망을 일부분 죽여야만이 평온과 냉정을 얻을 수 있다.

자연은 사람을 만들었지만 동시에 방기했다.

우리는 양치기 없는 양떼일 뿐, 그 이상도 이하도 아니며, 그 사실에 애석해 해야 할 필요도, 기뻐해야 할 필요도 없다.

존재하는 순간 살아가야 하는 것이 생물의 거부할 수 없고, 거부해서는 안 될 진리 표출이다.

낙천관보다 염세관을 품으라.

가까이 다가갈수록 멀어지는 자연의 기만적 행

태에 인간이 맞설 수 있는 방법은 없다.

그 속에서 최소한의 행복이라도 찾고 싶다면 보다 냉정하고 보다 이성적이어야 한다.

감성적이지 못한 인간은 냉혹 무비한 '인물'이라 불리지만, 이성적이지 못한 인간은 생각할 줄 모르는 '짐승'이라 불린다.

짐승이 되고 싶다면 자연이 인간에게 준 이성이라는 선물을 포기하라.

나는 사람이고 싶기에 감성보다 이성에 한 표를 던지고 싶다.

아무리 노력해도, 아무리 기를 써도, 아무리 절망해도, 아무리 희망을 품어도 결코 인간으로 살아갈 수 없게 된 바한의 절망감이 담긴 글이었다.

그렇다고 짐승으로 살아가기는 싫고, 그래서 본능마저 억눌러 지극히 차가운 상태가 되어서라도 사람이 되길 바라는 바한의 자서전이었다.

처음 바한을 보았을 때도, 그 이후에도 바한의 말투가 유난히 딱딱했던 것은 이러한 결과물 때문이었다.

그는 감성을 누르고 이성을 틔웠다.

논리적이길 원했고, 세상의 이치를 풀어내기 위해 사유에 힘썼다.

그렇게 해서라도 근본적인 악의에 물들지 않는, 스스로 인간이 되기를 기원하였다.

사람의 상상력이 본능보다 좋은 이유는 본능을 내리 누르고 본능을 만들어 내고 본능을 채워 줄 수 있기 때문이다.

사람의 상상력이 본능보다 나쁜 이유는 오로지 자신의 본능을 위해서만 발달되어 만인을 퇴폐시키기 때문이다.

사람의 상상력은 양날의 검이다.

후회와 번민, 희망, 꿈 등등 인간의 양적, 질적인 삶을 향상시키기도 또한 좌절시키기도 한다.

그러나 어리석은 인간의 과거를 되돌아볼 때 우리의 상상력이 쏟아 내는 결과물은 그다지 좋은 방향으로 나아가지 못하고 있다.

냉정해져라.

이성적인 삶을 살라.

지독해져라.

그러나 단 한 가지를 명심해야만 한다.

풍부한 감정으로 세상의 해악을 끼치는 인간이 단 하나 명심해야 할 것.

이성적으로 살되, 자연 앞에 겸허하라.

친절로 위장한 자연의 거짓된 폭력에서 살아남을 수 있는 방법은 신이 되지 않는 한 자연에 굴복하는 수밖에 없으리라.

만약 이 글을 보는 독자가, 본인이 신이 될 수 있는 방법을 알고 있다면 필자가 쓴 이 글을 무시해도 좋겠지만, 그래도 경계하는 편이 앞날에 좋을 듯하다.

신은 자연의 일부이며, 또한 전체이기도 하다.

한 개인의 주체로서의 신이 자연이라는 거대한 신에 맞서 싸워 이길 수 있는 방법을 나는 상상할 수 없다.

모두가 자연 앞에 겸허하라. 끔찍한 파멸을 맞이하고 싶지 않다면.

자연은 자연이기에 가장 냉정한 기만을 부릴 수

있다.

자연은 자연이기에 가장 잔혹한 섭리를 가질 수
있다.

자연은 자연이기에 가장 냉정한 기만을 부릴 수
있다.

자연은 자연이기에 가장 잔혹한 섭리를 가질 수
있다.

아무르의 눈에는 확실하게 보였다. 이 글의 정체
가.

천 년이 넘는 세월 동안 헤아릴 수 없는 직업을
가져가면서 점점 인성을 잊어 가고 근본이 싹트기
시작한 바한이, 최소한의 인성이 고개를 들었을 때
썼던 글이었다.

자연 앞에 겸허하라.

오만해지지 말고 자연에 순응하며 살아라.

그렇지 않아도 인간들을 향한 멸망의 추는 움직
이기 시작했다.

그에 대한 바한의 괴로운 심정과 자포자기의 심
정이 깃든 글이었다.

왜 이 책의 저자가 두 명 이상이 되었다고 생각했을까? 아무르는 깨달았다.

하나의 글, 하나의 장이 넘어가면서 작가의 색채가 조금씩 바뀌고 있었던 것이다.

이 책은 무려 수백 년에 걸쳐서 만들어진 바한의 자서전이자, 경고문이었고, 울부짖음이었다.

아무르의 눈에 눈물이 흘렀다.

혹시라도 몰라 광한수림에 스스로를 처박아 놓고 사람들과의 인연을 끊어 미치기 일보직전까지 갔던 바한이 유일하게 스스로 인간임을 잊지 않을 수 있었던 방법은 독서와 글쓰기뿐이었다.

그럼에도 지닌바 깨달음이 워낙 높고 깊어서 미치지 않았던 것이다.

하지만 괴로움은 있었고, 그 괴로움을 그때그때 적어 낸 것이 이 책이었다.

'얼마나 괴로웠을까.'

자기 자신에, 자신이 아닌 또 다른 누군가가 있다는 것.

그것이 호의적이지 않고 강렬한 악의로 무장했다는 것.

벗어나고 싶지만 결코 벗어날 수 없는 속박이 되어 자신을 감싸고 있다는 불편한 진실.

누가 그 속에서 버틸 수 있을까.

아무르는 생각했다. 자신이라면 그걸 버틸 수 있었을까?

자신이 없었다.

신의 섭리가 아무리 오묘하다고 하지만 바한이 도대체 무슨 죄를 지었기에 이런 고통까지 당해야 했단 말인가.

게다가 더욱 바한이 애처로운 것은 따로 있었다.

그는 이 책을 누군가가 봐 주기를 원했다.

인성을 신성으로까지 틔워 버린 드높은 각자였던 바한이었지만, 그런 그도 천 년의 시간 동안 인성을 말살시키고 악의를 키워 가면서 약해지고 무너져 갔다.

고독 앞에서 절망하고 이겨 내기를 반복하며 괴로운 시간을 보냈을 것이다.

그래서 책을 남긴 것이다.

이 책을 누군가가 봐 주어서 자신의 괴로운 심정을 간접적으로나마 토로하고 싶었던 것이다.

이 얼마나 소심한 희망인가.

이 얼마나 애처로운 바람인가.

울고불고 얘기해도 한이 풀어지지 않을진대 그는 그조차도 하지 않았다.

하지 못했다. 그렇게 하는 순간 스스로 무너져 내릴 것이라는 걸 알았기 때문일 것이다.

바한이 이 책을 세상에 던진 것은 백여 년 전 판주아가 멸망할 당시 법정성의 초대 성주인 을소파에게 거짓된 정보를 알려 준 이후였다.

그는 괴로움을 잊지 못해 현자성의 초대 성주에게로 이 책을 전달했고, 그것이 현재의 현자성이 지닌 거대한 도서관에 잠자고 있었던 것이다.

어쩌면 그는 예견했을지도 모른다.

훗날 현자성에서 자신과 세계를 화해시킬 누군가가 나타날 것이라는 걸 바한은 알 수도 있었을 것이다.

아니, 몰랐더라도 언젠가, 자신을 위해 나서 줄 한 명의 사람이라도 있기를 바랐을 것이다.

자신의 손에 책이 들어온 것은 신의 섭리로도 건드리기 힘든, 한 인간의 처절한 소망이 백 년을 넘어 전달된 슬픔과 간절함이었다.

그녀는 눈물로 젖은 얼굴을 숨기지 못한 채 여린 주먹을 꾹 쥐었다.

'기다려요, 바한. 절대로 당신이 인간을 타락시키지 못하도록 내가 막을 겁니다. 그렇게나 인간이 되고 싶었던 당신을 인간으로 남게 만들어 줄 겁니다. 제발 악의에 휘둘리지 말고 진짜 자신이 누구인지 깨달아 주세요!'

아무르의 눈동자는 이제 더할 나위 없이 파랗게 물들어 있었다.

복수신의 힘을 품은 자.

영혼이 복수신으로 물들었으나, 신의 섭리로 인해 신 앞에서 굴복하여 화해의 주도자로 변모한 존재.

아무르의 눈에 비할 데 없는 의지의 강인함이 새겨졌다.

‡　　‡　　‡

조화에는 가장 높은 것도 가장 낮은 것도, 왼쪽도 오른쪽도 없다.

조화는 조화이기에 조화인 것이다.

거기에는 어떠한 수식어나 설명도 적합하지 않다.

조화로운 세상이란, 말 그대로 조화로운 세상일 뿐 상대적인 것이 될 수 없는 절대적 진리의 세계다.

한때 세상은 조화로웠다.

지혜로운 두 완전한 종족으로 인해 세상은 다시 없을 평화를 구가하였고, 그 속에서 뛰노는 모든 존재들은 먹고 먹히면서도 한 점의 번뇌를 느끼지 아니하였다.

그것은 지극히 자연스러운 일들이었고, 행복한 일이었으며, 자신이 소멸하게 된다는 뜻은 또한 그때가 자신의 운이 다함이라고 받아들였다.

분명 그러한 세계가 있었다.

그러나 하나의 추상적인 개념, 그렇지만 확실한 악의로 무장한 보이지 않는 존재가 개입이 되면서 세계는 아주 천천히, 천천히 무너져 내렸다.

중간에서 조화를 이루었던 방수들은 하나, 둘 없어지기 시작했고, 천천히 세계는 비틀리기 시작했다.

조화가 깨진 것이다.

방수 중 한 종은 완전한 멸절을 면치 못했고, 다른 하나의 종은 자아를 빼앗겨 살아도 산 것이 아닌 존재가 되어 버렸다.

그렇게 세상은 마지막 지성 있는 하나의 종의 손에 의해 강제적으로 돌아가기 시작했다.

그리고 그들의 강제적인 힘에 의해 돌아간 세상은 천 년도 채 지나지 않아 파국을 맞이하게 되었다.

한때 인간들이 세웠던 영광의 성.

인간이 만든 최초의 국가였으며, 동시에 마지막 국가가 될 고원으로.

마침내 인간은 물론 자연 세계마저 초월해 버린 존재들이 하나씩 모여들었다.

저 멀리 북쪽에서는 시커먼 색으로 온몸을 물들인 거대한 용이 날아왔고, 남동쪽에서는 수천에 이르는 귀신을 이끈 무리와 불타오르는 주작을 탄

미묘한 존재도 빠르게 도달하였다.

인간의 타락과 멸망, 그리고 존속을 위해 서로에게
날 선 칼을 휘두르게 될 퇴폐의 장소.

쥬마 고원에 마침내 신의 의지들이 모였다.

5막 3장

세상을 향해 포효하는 자들.

그것이 자신의 야망을 이루기 위함인지 아니면 자신의 처절함을 알아 주기를 바라는 희망인지 혹은 불안감을 해소하기 위한 발작적인 외침인지 누구도 알 수 없다.

다만 진정으로 포효하고 싶다면 하나는 명심해야 할 것이다.

절대로 자신의 희망 영역 안에 누군가를 끌어들이지 말라.

인간은 근본이라는 것이 있다.

근본은 결코 하나로 이루어질 수 없다.

수억 명의 사람들이 있듯이 수억 개의 근본 중하나는 남은 수억 개의 근본과 기민하게 연결되어 있다.

하지만 연결된 것을 인정하는 것과 연결된 것을 속박하는 것은 다른 문제다.

자신의 외침으로 인해 누군가가 절망에 휩싸일 수 있다면 그것은 결코 진정한 야망, 희망, 해소가 될 수 없다.

동시에 그러한 야망, 희망, 해소는 나를 제외한 타인의 간접적인 피해를 조금이나마 줄 수밖에 없음을 상기해야만 한다.

즉, 우리는 아무리 야망하고, 희망하고, 해소됨을 외치지만, 가장 높은 야망을 이룰 수 없고, 신에 다다른 희망을 가질 수 없으며, 완전무결한 해소감을 느낄 수 없다.

우리는 언제나 돌고 돈다.

이 모든 것을 깨부수고 홀로 오롯한 해방감을 느끼고 싶다면 둘 중 하나의 길을 선택해야만 한다. 스스로 신이 되든지 아니면 죽든지.

—옴홀의 명언집 중—

넓고도 거대한 분지.

바한은 주작 귀신에서 내려와 아무 말 없이 하늘을 바라보았다.

하늘은 여전히 어두웠다.

태양과 달의 구분이 없어지고, 다만 먹구름이 가득 낀 어느 고약한 오후의 날을 보는 듯했다.

하늘에서는 시퍼런 번개가 끊임없이 쳐 댔고 자꾸만 종말을 하라며 소리를 질렀다.

누구를 위한 종말인가. 바한은 냉소 지었다.

몰란덱 역시 천천히 주작 귀신에서 내려와 그의

뒤로 섰다.

이상하게도 평소에 지혜와 위압감이 넘치던 몰란덱의 눈동자는 뭔가에 홀린 듯 멍했다.

그 검은 동공 안에는 아주 미약한 점이 찍어져 있었는데, 그 점의 색깔은 짙은 푸른색이었다.

태어나기를 영혼부터 복수신에게 물들었던 아무르는 신의 기묘한 섭리로 인해 수복하여 화해의 대리자로 나섰고, 완전한 복수신으로 변할 가능성이 있었던 고르고는 되레 운명을 거부하였지만 그는 그럴 수가 없었다.

자신의 육체에 대한 신앙심.

몰란덱의 투쟁력에 대한 신앙심은 이미 극에 달해 있었다. 그 신앙심이 지금의 그를 만들었다.

지금까지 그의 신앙심은 그에게 배신감을 준 적이 없었다.

그러나 지금은 아니었다. 지금 그의 육체는 그의 의지를 배반하고 있었다.

육체에 깃든 복수신의 영혼.

불합리의 사생아로서 세상에 내던져진 그의 육체는, 영혼으로 가지 못했기에 되레 육체를 조종하기에 이르렀다.

애초에 세상과 맞서 싸우지 않았던 자라면 모르겠지만, 자신의 육체를 누구보다도 믿었기에 그 믿음이 그를 오히려 쉽게 복수신의 대리자로 만들 수 있었다.

맹목적인 파괴를 위해 태어난 몰란덱의 도끼를 누가 막을 수 있겠는가.

그는 그렇게 바한의 뒤에 시립하여 조용히 바한의 명을 받기 위해 대기하였다.

바한은 말이 없었다.

그저 고요한 눈으로 저 북쪽을 향해 바라볼 뿐이었다.

그렇게 얼마나 지났을까.

미세한 진동을 반복하던 대지가 이네, 불쑥불쑥 뭔가를 내뱉기 시작했다.

그것은 대지의 의지를 벗어난 결과물.

신의 오묘한 섭리로도 이치에 반하는 복수신의 눈으로도 보기 어려운 결과물들이었다.

부활자. 망자. 살아 있는 시체들.

이곳에서 묻힌 수많은 고대 시신들이 땅을 뚫고

올라왔다.

이토록 오랜 시간 동안 묻혀 있었음에도 거름으로 변하지 않았는지 그들은 반쯤은 썩은 외양으로, 반쯤은 백골만이 지배하는 모양새로 일어났다.

백여 년 전 멸망했던 판주아 왕국.

그 왕국의 소멸과 함께 스러졌던 많은 시체들이었다.

병사들도 있었고, 신하들도 있었으며, 왕들도 있었다.

수를 헤아리기 어려운 망자들의 부활.

바한의 눈이 망자들 중 어느 한 존재를 향해 돌아갔다.

그 망자는 호화로운 금빛 왕관을 쓰고 있었다.

흙이 묻어 더러워지고, 이제는 해질 대로 해져 도무지 옷의 역할을 할 수 없을 것 같은 기묘한 천을 덮은 그는 살점 하나 보이지 않는 백골이었다.

하지만 그가 가진 상징 하나는 명확하였다.

무슨 옷으로 만들어졌는지 그 부분만큼은 썩지 않고 생생하게 빛났는데, 커다란 원 안에 구름과 용이 그려져 있었다.

바한은 저 왕복과 금빛 왕관을 쓴 해골이 누구인지 깨달을 수 있었다.

"미르왕."

판주와 초대왕.

선왕을 땅 밑으로 추락시킨 이후 인간들의 왕국을 만들었던 오만과 비뚤어진 욕망의 화신이었던 자.

후에 수많은 선행과 덕으로 무수한 찬사를 받았지만, 결국에는 끝까지 자신의 선택을 후회했던, 도무지 좋게 봐 줄 수 없었던 기만의 왕.

판주아를 다스렸던 역대 왕들이 모두 미르왕의 뒤에 모였고, 수만에 이르는 망자들이 그들 주위를 에워쌌다.

시신으로 이루어진 거대한 성, 거대한 원판, 거대한 영역이었다.

그들은 아무런 말도 하지 않은 채 바한과 몰란덱 그리고 귀신들을 연이어 쳐다보았다.

그들의 눈빛에는 오로지 붉고 소름끼치는 적의뿐이지만 결코 함부로 행동하지는 않았다.

이미 완벽하게 배신의 화신으로 깨어난 바한과

귀신에 대한 위압감 때문이기도 했지만, 무엇보다도 그들의 주인이 시키지 않은 짓을, 그들은 마음대로 할 수가 없었다.

망자들의 본능조차 눌러 버린 그들의 주인.

그는 마침내 저 머나먼 북쪽에서 날아오고 있었다.

자그마한 점으로 시작했던 그의 몸체가 시간이 지날수록 점점 커졌다.

그 속도란 가히 번개와도 같아서 눈을 몇 번 깜빡이는 순간 이미 분지에 도달하여 거대한 바람을 생성해 버렸다.

모든 망자들이 무릎을 꿇었고, 뒤이어 쫓아오는 벼락들이 멸세화를 통해 한 종의 몰락을 이끌기 위한 대리자로 선택된 그를 찬양하였다.

시커먼 몸체와 거대한 육체, 위엄과 스산한 눈빛으로 광기를 표출하는 검은 용은 마침내 이 땅에 내려섰다.

고대 국가의 마지막 용.

수많은 용의 자살 소동에서도 유일하게 자신의 끈을 붙잡을 수 있었던 자애로운 왕.

전무후무한 평화를 구축했던 세계 역사상 최대, 최강의 존재.

바한의 눈동자에도 시퍼런 불똥이 튀었다.

"석양의 환희."

—신수마부.

서로의 외양을 정확하게 기억하고 있는 그들이었다.

하지만 그들은 서로의 외양만을 평가하지 않았다. 그러기에는 그들이 지닌 눈이 너무나도 깊었다.

"선왕, 자네의 근본이 광기였다는 걸 몰랐었어."

—나 역시 최고의 성인이라 불렸던 신수마부가 그토록 고약한 배신의 다른 몸이었다는 게 놀랍군.

"피차 더 이상 할 말은 없을 듯한데."

—정확하다. 너의 뜻을 펼치기 위해서는 날 무너뜨려야 하고, 나는 반드시 널 소멸시켜야 신의 의지를 실행할 수 있다. 우리는 어쩔 수 없이 대립되어야만 하는 극과 극이었군.

"이상하지? 당신을 없애야만 난 나의 뜻을 관철

시킬 수 있다. 그리고 분명 그렇게 할 거야. 그럼
에도 당신을 보면 마냥 분노가 일지 않아."

―나와 넌 같은 더러움을 공유했던 존재 개념이
니까.

"배신과 광기, 복수와 거짓, 오염과 비탄……
마지막으로 방만. 우리는 항상 함께했던 일곱 개념
들이었지. 태곳적부터 지금까지 존재했던 패망의
이름들."

―너는 타락했다.

바한의 눈동자가 스산해졌다.

"애초에 타락했던 존재들에게 타락했다는 말은
별로 어울리지 않는군. 본능을 따랐다고 해 주면
고맙겠어."

―하기야 신께서도 도무지 받아 줄 수 없었던
가장 더러웠던 오물 속 개념이 바로 너였지. 그 안
에 복수도 있는가?

"하나가 되었다."

―최악 중에서도 최악으로 물들어 버렸군. 그렇
게나 스스로를 타락시키고도 이제는 인간까지 타
락시키려 하는가?

"인간을 쓸어버리기 위해 이 땅에 강림한 당신에게 들고 싶은 이야기는 아니로군."

─신의 뜻이니까. 타락할 바에야 지워 버리는 게 낫기야 하겠지.

"그 또한 모순이지. 당신은 살아생전 누구보다도 인간들을 위해 헌신했던 용이었어."

─맞다. 그러했다. 지금도 그 마음은 변치 않는다. 그러나 신의 뜻이 이러하다면 난 내 맡은 바 소임을 다할 뿐이다.

"가엾군. 신의 뜻에 이끌려 꼭두각시처럼 움직이는 불행한 광기여. 당신은 평생 그 속박에서 벗어날 수 없어. 지금 이 자리에서 소멸된다 하더라도 말이야.

─하하. 너는 하나는 알고 둘은 모르는군.

"뭐라?"

용의 강렬한 눈빛이 바한의 눈과 정확하게 마주쳤다.

그들 사이로 한 줄기 번개가 내리치며 땅을 거세게 흔들었지만, 둘 사이에 팽팽한 기 싸움은 도무지 끝날 줄을 몰랐다.

—일곱 가지 패악의 개념인 우리들은 이미 일곱
으로 나뉘었지만, 동시에 나뉠 수 없는 존재다. 최
초의 시작인 '거짓'이 세상을 '오염'시키면, '배
신'이 창궐하고, '복수'가 판을 친다. '광기'에
휩싸인 세상은, 결국 '비탄'에 잠기게 되고, 모든
존재들이 고개를 숙인 채 마땅히 '방만'으로 몰아
가 정지하게 되는 것. 유기적으로 돌아가야만 조화
가 일어나는 세상에서 마지막인 방만으로 이어지
는 우리 일곱은, 신에게 있어서 결코 좌시할 수 없
는 눈엣가시였지. 우리의 숙명은 그와 같다. 우리
는 일곱이면서 하나이고 하나이면서 일곱이다.

　바한은 살짝 고개를 숙였다. 그렇지만 그의 눈동
자는 여전히 저 높은 곳에 있는 용의 눈과 닿아 있
었다. 결과적으로 아래에서 위를 노려다보는 형국
이 된 것이다.

　"지금 나에게 그런 말을 하는 이유는?"

　—진실을 알려 주는 것이다. 너는 나를 죽일 수
없어.

　"죽일 수 없다?"

　—내가 죽으면 너 또한 죽는다. 우리는 일곱이

자 하나야. 육체를 소멸시키는 것뿐이라면 모르겠
지만 넌 나와 또 다른 부활자인 '거짓'까지 소멸
시키려 하고 있어. 영원한 소멸이지. 그렇다면 너
의 존재 의의도 사라진다. '거짓'이라는 시작이
없으니 중간인 '배신'과 '복수'도 의미를 잃지.
결국 인간은 남지만 어중간한 타락으로 오히려 네
수명만 깎아 먹게 되며, 나중에는 네가 시작이 되
어 결국 '방만'으로 이어져 소멸된다. 결국 이렇
게 될 운명인 것이지.

　바한의 눈동자에 분노가 어렸다.

　─하지만 난 달라. 나는 일찍이 신 앞에 무릎을
꿇었다. 스스로를 참회하여 수복하고 광기를 잠재
웠다. 그분을 위해서라면 무슨 짓이든 할 준비가
되었다. 신의 의지가 배신과 복수의 이중 존재 개
념인 너를 소멸시키라는 것이니, 마땅히 나는 그리
할 것이다.

　"네 말대로라면 너 역시 존재 의의가 사라지고
야 말 텐데."

　─신의 뜻이다. 난 상관하지 않아.

　진정한 신을 위해 스스로의 근본마저도 깨부쉈

다는 것일까.

바한은, 아니, 배신은 이해할 수 없었다.

그렇게 된다면 이미 자기 붕괴에 휩싸여 여기에 존재할 수조차 없게 되는 것이 정상 아니든가? 이치에 맞지 않는 일 아닌가?

동시에 그는 깨달았다.

애초에 이치에 맞지 않는다.

일곱 가지의 패악 개념들은 이치에 반하는 존재들이었다.

그래서 신이 그들을 정화시키기 위해 노력했고, 가장 깊숙한 곳에 처박은 것이다.

다시는 세상에 나올 수 없도록 힘을 쓴 것이다.

이치에서 벗어났으니 삶과 죽음도 제 뜻대로 되지 않는다.

근본을 부정하면서도 소멸되지 않는다.

소멸되는 순간은 같은 패악으로 인해 죽음을 당하지 않는 이상 결코 가능한 일이 아니었다.

하지만 다른 패악에게 죽임을 당하면 결국 다 같은 죽음을 맞이하게 되는 모순이 생겨난다.

마음대로 죽을 수도 없는 존재들.

개념에게도 수명이 존재하지만, 영원과도 같은 수명이기에 신에 가까운 힘을 행사할 수 있는 개념들.

바한의 입에서 천둥과도 같은 외침이 터졌다.

"상관없다! 나는 아주 잠시라도! 백 년 만이라도, 아니, 십 년 만이라도 인간들이 타락하게 되어 신의 권위가 부정당하는 꼴을 봐야만 하겠다! 그를 위해 달려온 천 년의 시간이야! 단 하루라도 좋아! 신이 신으로 있을 수 없게 된다면, 그 또한 나에게 다가올 희열이다! 하루만이라도 신이 신으로 있을 수 없게 된다면, 나는 하루 동안 모든 기쁨을 떠안은 채 만족의 죽음으로써 영원히 세상에서 사라질 것이다!"

─오만한 놈!

"오만한 것은 당신이다! 도대체 당신이 무엇이기에 내 앞을 가로막는가! 존재 의의를 버린 순간부터 당신은, 아니, 네놈은 개념으로 떠돌 가치가 없어!

바한의 강렬한 외침이 몰란덱의 머리를 뒤흔들었다.

곧이어 몰란덱의 몸이 무자비한 속도로 무하나
비를 향해 달려 나갔다.

평소 그가 가졌던 이상의 능력, 복수신의 모든
힘이 폭발하여 폭군으로서의 역량을 유감없이 발
휘하게 되는 몰란덱의 투쟁력은 이미 극으로 치닫
고 있었다.

용이 불을 뿜고, 바한의 손에서 일어난 시커먼
안개가 태양처럼 강렬한 불을 감싸고 소멸하였다.

무하나비는 가소롭다는 듯 몰란덱과 마주하였지
만, 그의 도끼가 상식을 넘어설 정도로 가공하다는
걸 깨닫고 감히 마주하지 못한 채 전략을 구성했
다.

그 시간 이후, 과거 판주아 왕실이 존재했던 쥬
만 고원에서 일어난 수만, 수십만의 망자들의 군대
는 사방으로 뻗어 나갔다.

고원 바깥에서 멸세화의 왕자를 받들기 위해 일
어났던 망자들 역시 동심원을 그리듯 방위를 가리
지 않고 맹목적으로 돌진하였다.

가장 가까이에 있는 인간들의 성.

현자성과 귀족성 그리고 희망의 성을 향해.

"망자들을 물려라!"

바한의 비명과도 같은 외침은 천둥소리보다도 컸다.

배신으로서 바한은 인간들이 죽기를 원하지 않았다.

그들은 무조건 살아야 했다.

살아서, 그들의 가슴에 가득한 배신으로 서로를 해하고 시기하고 질투해야만 했다.

세상 모든 불완전한 인간들이 그렇게 변하게 될 때, 신의 권위는 땅에 떨어지고 배신은 오롯이 배신으로서 세상에 우뚝 서게 될 것이다.

인간이라는 종은 그에게 있어서 신에게 도전할 수 있는 무기이자 병력이었다.

그러나 타락으로 인한 타격을 입기도 전 신은 광기의 용을 보내어 망자들을 이끌도록 하였고, 그 망자들은 세상에 존재하는 모든 인간들을 쓸어버리기 위해 전진한다.

그들의 싸움은 정녕 신과 신의 싸움과 같았다.

거대한 몸체를 한 시커먼 색깔의 용은 보기에도 두려운 화염을 뿜어 댔고, 인간의 몸으로 일어나 최악의 개념으로 화한 바한은 연신 시커먼 안개를 성채처럼 세워 불길을 막아 내었다.

외형적으로는 불길과 안개였지만, 그것이 그들의 개념 특성을 설명해 주고 있었다.

광기, 불꽃과도 같은 열망으로 맹목적인 돌진만을 추구하는 개념.

광기는 불과 닮았다.

용은 용암보다도 뜨거운 불길로 배신을 완전히 소멸시키기 위해 힘썼다.

바한 또한 다르지 않았다.

배신, 안개처럼 스며들어 파악할 수 없는 순간에 절망하게 되는, 믿었던 자의 패악.

가장 어두운 색깔의 패악으로 가장 극적인 감정 파편을 만들어 내는 배신은 그 특성과 같이 안개처럼 뻗어 나가 용을 흔들었다.

그의 안개에 스치기만 해도 용은 신을 배신하고, 광기를 잠재우게 될 것이다.

배신 또한 마찬가지였다.

광기의 불길에 타게 된다면, 맹목적인 배신만을 위해 살아가게 될 것이고, 이내 스스로를 배신하며 소멸하게 된다.

결국에는, 두 존재 모두 서로의 소멸을 위해 달려가고 있는 것이다.

그보다는 다소 온건하다고 할 수 있는 전투였지만, 인간의 눈으로 보았을 때 이 또한 충분히 신화 속의 결투라 볼 수 있는, 가히 일대일 전쟁에 가까운 결투도 일어났다.

거대한 몸으로 무시무시한 도끼를 번개처럼 휘두르는 몰란덱은 이미 이성을 상실했으나 몸에 밴 전투 감각과 복수신의 힘을 얻어 땅을 박살 내고 바람마저 희롱하는 강렬함을 보여 주었다.

부활자로서 일어나 거짓으로 깨우친 무하나비 역시 강철처럼 단단해진 몸으로 몰란덱의 몸을 노렸다.

무시무시한 대접전이었다.

서로의 죽음을 바라는 전투였다.

영혼 한 자락까지 남기지 않도록 완전한 소멸을 바라는 최악의 전투.

승자는 모든 것을 얻고 패자는 모든 것을 잃는 일생일대의 전쟁이었다.

그리고 그 시기, 사방으로 뻗어 나간 망자들의 군대로 인해 현자성과 희망의 성은 완전히 무너지기에 이르렀다.

애초에 현자성의 경우 싸울 병력조차 있지 않은 상태였고, 희망의 성에는 대다수의 전사들이 세상에 나가 있기에 전시 태세를 완전하게 갖추지 못한 상태였다.

당연히, 죽지도 않는 망자들의 군대에 의해 밟히고 짓이겨질 수밖에 없다.

하지만 그 와중에도 꿋꿋이 버티는 성이 있었으니 바로 귀족성이었다.

귀족성의 힘은 대단했다.

세상에 분포한 수많은 성들 중 가장 오래된 역사를 가진 귀족성은 지닌바 병력의 숫자부터가 달랐다.

세상에 내보인 병력은 그들이 지닌 병력의 삼 할도 되지 않았다.

뿌리까지 병력을 뽑아 망자들과의 전투에 대비하는 귀족성의 성전은 지키기 위한 인간들과 무너뜨리기 위한 악귀들의 싸움이었다.

귀족성의 성주 달번령은 곤혹스러운 표정을 지었다.

저 멀리서부터 개미떼처럼 몰려오는 수많은 망자들의 군대. 수를 헤아리기가 어렵다.

지금까지는 어떻게 버틴다고 버텼지만, 저 많은 수의 망자들이 파도처럼 한 방에 들어서게 된다면 꼼짝도 못하고 몰살을 맞이하게 될 것이다.

생각보다 훨씬 심각한 상태.

엄청난 너비를 자랑하는 귀족성이었지만, 그들의 병력은 한계가 있었다.

거의 육천이 넘는 병력은 개량된 활과 석궁, 총포 등 막강한 원거리 무기로 무장하였지만, 저 무자비한 숫자 앞에서는 어쩔 수가 없어 보였다.

게다가 망자들은 쓰러지고 부서져도 어떻게든 다시 일어나 돌진을 해 왔다.

죽여도 죽지 않는 존재들.

차라리 무하나비가 귀여워 보일 정도로 고약한 형태를 한 그들을 보며 달번령은 이를 악물었다.

'귀족성이 무너진다? 말도 안 되는 소리! 스스로 신이 되어 대륙을 장악하게 될 날이 멀지 않았는데!'

성루 가장 높은 곳에서 아래를 내려다보는 달번령을 보며, 그 옆에서 밧줄로 꽁꽁 묶인 차을목은 킬킬 웃었다.

"성주. 당신도 어쩔 수 없군요. 정치가는 죽는 마지막 순간까지 포기하지 말며 거지에게도 무릎을 꿇을 줄 알라고 했지요? 한데 어떻게 합니까? 저놈들에게 무릎을 꿇는다고 저들이 살려나 주겠습니까?"

냉엄한 얼굴로 대꾸조차 하지 않는 달번령이었지만, 그는 상당히 초조했다.

세계 최강의 전사인 몰란덱과, 수많은 성들의 병력이 들어갔다면 최소한 부활화를 없앨 시간 하나는 충분했다.

그들이 모두 죽더라도 부활화는 확실하게 없어

져야만 했다.

그가 보았던 몰란덱의 신위라면, 분명 그럴 능력
이 충분했다.

생사목에 피어난 꽃을 걸라비와 계필번이 들고
와서 자신에게 바쳐야만 했다.

너무나도 오랜 시간을 기다렸는데 느닷없이 다
가오는 망자들의 군대는 뭐란 말인가?

그는 슬쩍 입술을 깨물었다. 노인치고는 너무나
단단하고 하얀 그의 이빨은 금세 피로 물들었다.

차을목의 조소는 계속되었다.

"왜, 이제는 무엇을 믿겠습니까? 지금도 자신의
힘을 믿습니까? 한때 당신이 가르쳐 주었지요. 아
무리 머리가 좋은 정치가라 해도 눈앞의 칼이 휘둘
러지는 순간 모든 것의 종결이라고. 그래서 정치가
가 가장 먼저 휘어잡아야 하는 것은 다른 무엇도
아닌, 군권과 병권이라고. 한데 당신이 잡은 막강
한 병권조차도 소용이 없게 되었습니다, 그려?"

달번령의 손이 하늘로 들렸다.

"제 1수비대는 내성 앞에 화포를 장착하라."

"예!"

저 밑에서 분주하기 짝이 없는 움직임이 일어났다.

그리고 곧이어 엄청난 굉음과 함께 망자들의 한 무리가 우수수 쓰러졌다.

그들이 쓰러진 바닥은 마치 벼락을 정면으로 강타당한 것처럼 시커먼 그을음이 생성되었고 땅은 넓게 파였다.

무시무시한 파괴력이었다.

그것을 보며 차을목의 눈동자가 파르르 떨렸다.

"총포를 개발했다고 했는데, 그보다 더한 것도 발명한 모양이군요."

"십의 힘을 가지고서도 삼의 힘을 내세워야 하는 것이 정치다. 그 삼의 힘으로 좌중을 압도시키는 것도 정치가의 역량이지."

"크큭, 당신은 항상 상상을 뛰어넘는 역량을 보여 주는군요. 정말 뛰어난 정치가의 표상입니다."

"네가 모자란 탓이지 내가 뛰어난 것은 아니다. 다만 난 내가 보고 배웠던 대로, 정치가로서 가장 올바른 행위와 생각을 할 뿐이다."

"그래서 나머지 칠의 힘이 저것이란 말입니까?"

"저 정도도 충분하겠지만 아무래도 상황이 급박하니 밑천을 다 내보일 수밖에 없겠군."

달번령의 외침이 내성을 쩌렁쩌렁하게 울렸다.

"화포에 유탄을 장착하라!"

철컹, 철컹하는 소리가 사방으로 울렸다.

이것은 또 무슨 소리일까 싶어 눈을 크게 뜬 차을목은 입을 떡 벌렸다.

무자비한 소리와 함께 날아간 화포의 대포알은 망자들의 일각을 쓸어버렸다.

그런데 거기서 끝이 아니었다.

쓸어버린 대포알이 중간에서 확 터지더니 반경오십여 미터를 쑥대밭으로 만들어 버린 것이다.

사상 최악의 병기라 일컬어지는 유탄화포가 모습을 드러낸 순간이었다.

저 무기라면, 저것 하나만 있다면 가히 성채 하나도 일거에 무너뜨릴 수 있을 것 같았다.

더군다나 그러한 화포의 숫자가 모두 서른 대에 달했고, 그 모두에 유탄포가 장착되어 있었다.

아무리 죽음에 무관한 망자들이라도 주춤할 수밖에 없었다.

차을목은 침을 꿀꺽 삼켰다.

이전에도 충분히 느꼈지만, 다시 한 번 느낄 수밖에 없는 패배감이 그를 에워쌌다.

도무지 성주가 가진 병력의 끝은 어디란 말인가?

저 말도 안 되는 병기는 언제 만들었고, 언제 시험까지 끝마쳤단 말인가?

이런 사람에게 도전했다는 자신의 우매함에 그는 소름마저 끼쳤다.

하지만 망자들의 주춤함도 잠시였다.

완전히 불에 타거나 너무 잘게 부서져 움직일 수 없는 망자들을 제외한 다른 망자들은 재차 일어나 돌격을 감행했다.

더군다나 저 언덕 뒤에서 일어나는 먼지 바람은 이보다 훨씬 많은 수의 대군이 쳐들어오고 있음을 알리는 신호탄과 같았다.

달번령이 핏대를 세우며 외쳤다.

"당장 유탄포를 모두 꺼내 오도록 해라! 모든 유탄포를 사용해서라도 이곳만큼은 사수하라!"

백이십 년을 넘게 산 그의 외침은 도무지 노인의

외침이라고 생각할 수 없을 만큼의 또렷한 소리였다.

강렬한 위엄이 섞인 외침에 병사들은 사기가 충천하여 움직임이 빨라졌다.

만일 전쟁이 시작되어 왕을 꼽게 된다면 이 달번령이라는 사람이 그 누구보다도 왕에 어울리는 남자가 될 거라고 차을목은 생각했다.

나이를 먹었음에도 그 세월의 힘을 무시한 채 무자비한 위엄과 호통을 감행하는 그의 모습은 그야말로 눈이 부신 것이었다.

"혹시라도 모르니 전서를 날려라! 다른 성 모든 곳에 전서를 날려! 멀쩡하여 저 시체 놈들의 습격을 받지 않았다면 이곳으로 와서 도우라 해라! 사례는 넉넉히 한다고도 전해!"

하지만 그런 달번령도 이내 창백한 안색을 보일 수밖에 없는 사건이 마침내 일어나고야 말았다.

망자들 사이사이로 무수한 짐승들의 시체들이 일어나 또다시 돌파를 감행했다.

인간 망자들보다 훨씬 빠르고 날렵했으며, 포악한 그들은 인간의 멸망을 위해 파도처럼 달려들어

외성을 뛰어넘었다.

 게다가 저 하늘 높은 곳에서 엄청난 수의 까마귀
떼도 몰려왔다.

 자세히 볼 수 없지만 분명 시체가 되어 죽었던
까마귀들이었다.

 그런 까마귀들이 귀족성으로 몰려오고 있는 것
이다.

 귀족성의 멸망이 코앞으로 다가온 순간이었다.

‡   ‡   ‡

 무시무시한 속도로 날아간 두 마리의 주작은 마
침내 신화의 격전지 속으로 다가올 수 있었다.

 감히 꿈에서조차 볼 수 없는 광경이 그들의 눈에
서 현실로 벌어지고 있었다.

 용암보다도 뜨거운 불길이 엄청난 구체를 형성
하며 연신 미약한 존재를 향해 나아갔고, 그 미약
한 존재의 몸에서 일어나는 시커먼 안개는 그 놀라

우리만치 뜨겁고 격정적인 불길을 소멸시켰다.

그들의 주변 이백여 미터 이상은 땅이 이미 뒤집히거나 녹아서 대지라 불리기도 민망한 수준이 되었다.

그들보다 더 멀리 떨어진 곳에서는 두 명의 초인이 각기 가지고 있는 육체로 서로를 향해 날 선 이빨을 세우고 있었다.

용과 미약한 인간의 싸움은 워낙 초월적인 부분이라 되레 고개를 갸웃하게 되지만, 거인과 인간의 싸움은 현실 속에서 일어날 수 있는, 하지만 누구도 못할 위업을 거침없이 자행하고 있기에 오히려 경악이었다.

거대한 도끼가 스치고 지나갈 때마다 무하나비의 몸은 찢어지고, 부서지고, 잘려 나갔다.

하지만 사라지는 순간 다시 생겨나는 육체의 수복력이란 무시무시할 지경이었다.

몰란덱은 지치지도 않는지 연신 다시없을 힘으로 무하나비를 몰아쳤고, 무하나비 역시 재생을 반복하며 강철 같은 주먹으로 몰란덱의 몸통을 후려쳤다.

가장 원시적인 다툼이며 가장 끔찍한 다툼이었다.

이토록 강렬한 광경을 어디서 볼 수 있을까.

하지만 아무르는 감탄하지 않았고 그럴 여유도 없었다.

지금 저 두 존재 개념의 싸움은 결코 일어나서는 안 될 종류의 싸움이었다.

그녀는 주작의 머리를 두드리며 외쳤다.

워낙 바람이 거세어 들리지도 않을 것 같았지만 그래도 외쳤다.

"저쪽! 저쪽이야! 용이 불을 뿜는 방향으로 날 데려가 줘!"

그를 알아들었음인가?

주작은 쏜살같은 몸놀림으로 용의 주변으로 다가갔다.

그러나 원체 뜨거운 불길 때문인지 아무르는 완전히 다가갈 수 없었고 결국 백여 미터나 멀찍이 떨어진 곳에서 착지해야 했다.

뜨거운 열기 때문에 벌써부터 목이 타고 입술이 쩍쩍 갈라진다.

하지만 아무르는 주저함 없이 걸었다.

다리와 발에 점점 화상을 입어 갔지만 그녀의 질주는 멈추지 않았다.

하지만 그녀보다도 먼저 그들 사이로 다가가는 번개와 같은 움직임의 존재가 있었다.

바로 주작이었다.

"주작!"

이미 서로를 소멸시키기 위한 싸움에 눈이 멀어 뭔가가 다가오는지도 깨닫지 못한 용과 바한은, 마침내 타오를 듯한 색깔의 뭔가가 그들 사이로 파고드는 걸 느끼며 뒤로 물러섰다.

끼아아아악! 하는 소리가 세상을 뒤흔들었다.

용의 불꽃과 바한의 안개를 동시에 맞은 주작은 고통에 몸을 떨었다.

단번에 소멸이 되지 않는 모습이 경악을 자아내지만 그보다도 끔찍한 고통에 날개를 퍼덕이며 뒤뚱거리는 주작의 모습이 너무나도 가련했다.

바한의 창이 주작을 가리켰고, 용의 심유한 눈동자가 주작에게 닿았다.

―선대여.

종족의 특성상 결코 많은 수가 분포할 수 없는 용이었기에 석양의 환희, 마지막 용은 죽은 모든 용들의 이름을 알고 있었다.

그는 괴로움에 몸부림친 이 주작을 만든 이, 즉, 이 주작을 후세로 남기고 떠난 이의 존재를 불렀다.

—아버지?

육체는 사라졌지만 정신만은 주작에 남긴 미르의 종족.

용은 이빨을 꽉 깨물었다.

완전한 존재로 태어나 광기를 깨달았던 그는, 인간처럼 불완전한 존재가 아니었기 더욱 힘든 선택을 강요받는다.

이미 용으로서의 자아가 확실했기 때문이다.

주작은 서글픈 울음을 터트리며 용을 바라보았다.

순결의 눈동자.

진실과 거짓을 판별하는 신의 눈.

그 눈을 가진 주작이 애처롭게 용을 바라본다.

주작은 지금 눈으로 용에게 말하고 있었다.

―싸움을 멈추라고요? 그럴 수 없습니다. 저 고약한 '배신'이 스스로의 야망을 접지 않는 한 나는 결코 멈추지 않을 겁니다. 이것이 신의 의지입니다!

그러나 주작은 깃털이 타고 근육이 타고 뼈가 타는 와중에도 그저 용을 바라보았다.

그것이 생의 마지막 보루라도 되는 것 마냥 용을 바라보았다.

용의 눈동자가 심하게 떨렸다.

―내 종족들이 주작으로 화한 것도, 신의 의지란 말입니까? 아닙니다. 그것은 아버지 당신들의 의지입니다.

주작은 말했다.

우리들의 의지가 곧 신의 의지이고 신의 의지가 곧 우리들의 의지다.

우리가 신과 같은 상석에 앉아 있기 때문이 아니라 세상 자체가 신이기 때문에 그러하다.

너도 나도 이 모든 세상도 심지어 인간들도 결국 신의 일부이다.

그 말할 수 없는 말을 용에게 전달한 채 주작은

완전히 산화하였다.

뼛조각 하나 남기지 않고 사라져 버린 주작의 앞에는 하얀 연기만 남았다.

용은 강철처럼 단단하고 날카로운 이빨을 세우며 바한을 내려다보았다.

바한 역시 살기등등한 눈으로 시커먼 안개를 세웠다.

동시에 그들 사이로 한 명의 사람이 더 뛰어들었다.

두 다리에 짙은 화상을 입었지만, 그럼에도 당당히 서서 두 존재를 바라보는, 신의 의지와 타락한 존재의 의지를 바라보는 인간이 있었다.

바로 아무르였다.

‡   ‡   ‡

시커먼 어둠이 무하나비를 덮쳤다.

무하나비는 일순 어리둥절하다가 소름끼치는 감

각에 몸을 떨었다.

이치를 벗어난 존재인 그조차도 정신을 아찔하게 만드는 존재는, 도무지 상식적이지 않는 거대한 두 개의 눈이었고 어둠이었다.

요마 어둑서니의 영역 안에 가둬진 무하나비는 극한의 공포로 몸을 떨었다.

하지만 그 시간이 금방 깨어짐을 쿨리아는 알았다.

무하나비는 부활자였고, 심지어 신의 의지를 대행하기 위해 나타난 광기인 용을 보좌하기 위해 이 땅에 나선 고대의 존재였다.

어둑서니의 강렬한 힘으로 얼마나 잡아 둘지 알 수 없지만 그래도 최소한의 시간을 벌기 위해서는 필요한 조치였다.

몰란덱을 위해서.

다른 공간으로 전이가 되다시피 한 무하나비 때문에 공격 목표를 잃어버린 몰란덱은 멀뚱히 서서 정면만을 바라보았다.

완전히 허수아비와 같은 모습이었다.

누가 이 사람을 전무후무한 세계, 역사상 최강의

전사라는 말을 할 수 있을까.

쿨리아의 붉었던 동공이 점점 파랗게 변해 갔다.

동시에 그녀의 옆에 선 고르고는 다급한 얼굴로 몰란덱을 바라보았다.

"몰란덱! 몰란덱! 정신이 좀 들어요?!"

몰란덱은 입을 열지 않았다.

심지어 눈조차 깜빡이지 않은 그는 그저 앞을 바라보았다.

쿨리아가 입술을 깨물었다.

"지금 그는 복수신의 망령에 사로잡혔어. 영혼이 물들지 않아서 다행이라고 해야 하나?"

"그게 무슨 소리죠? 아니, 그건 됐어요! 몰란덱을 원래대로 되돌릴 수 있는 방법이 있을까요?"

"아주 없는 건 아니지만…… 그게 과연 통할까? 그래도 한때 신이었던 존재가 몸에 깃든 몰란덱이야. 가능성은 있어도 확신할 수는 없어."

"가능성이 있다면 일단 부딪쳐야죠!"

"그렇긴 하지. 넌 준비되었나?"

고르고의 눈동자가 커졌다.

"저요? 제가 뭘?"

"몰란덱에게 암시를 걸 거야. 너에게도 암시를 걸 거다. 둘 사이에 공간을 만들어 준다는 거야. 그 속에서 몰란덱을 끌어내. 나는 영역만 만들 수 있지 직접적으로 정신을 꺼낼 수는 없어. 다른 사람이 필요한데 지금은 너밖에 없어."

고르고는 입을 쩍 벌렸지만 이내 결연한 표정으로 끄덕였다.

"어서 해 주세요."

"좋아."

쿨리아의 두 손이 몰란덱과 고르고의 사이에서 기묘한 움직임을 보였다.

동시에 그녀의 눈동자가 활짝 뜨였다.

마치 보름달이 세로로 찢어진 듯, 고양의 눈빛과 지극히 닮은 그것은 너무나 사악해 보였다.

동시에 몰란덱과 고르고가 사라졌다.

쿨리아는 속으로 고르고를 응원했다.

"나보다는 네가 나을 거야. 함께 한 시간이 있으니까. 게다가 넌 대인에게 믿음을 받았던 사람이니까."

그때 그녀의 등 뒤에서 자지러지는 신음이 흘러

나왔다.

그녀의 고개가 돌려질 때 마치 세상에서 뚝 떨어진 듯한 묘한 사람이 나타났다.

해골에 살가죽만 뒤집어쓴, 욕지기가 절로 나오는 외관을 한 인간 같지 않은 인간. 이치를 벗어난 존재.

무하나비가 어둑서니를 몰아낸 것이다.

그는 어둑서니를 찢자마자 무서운 눈으로 쿨리아를 노려보았다.

"네년이!"

쿨리아가 하얗게 웃었다.

"대인을 위해서 죽어 줘야겠다, 너."

‡   ‡   ‡

순간 고르고는 사방이 어두워짐을 느꼈다.

빛 한 점 들어오지 않는 어둠.

하지만 자신의 몸은 보인다. 그는 고개를 갸웃거

렸다.

"어째 이전에 꾸었던 꿈과 비슷한데?"

비슷한 정도가 아니라 아주 판박이라 해야 옳았다.

그러나 그는 이내 고개를 저어 상념을 떨쳤다.

그게 중요한 건 아니다. 어서 빨리 몰란덱을 찾아야만 했다.

"몰란덱! 어디에 있어요! 몰란덱!"

아무런 대답이 없었다.

고르고는 다급했다. 시간이 촉박하다.

지금까지 몰란덱과 싸웠던 그를 생각하면 보기에도 끔찍한 어둑서니에 갇혔다지만 금세 풀려날거 같았다. 어쨌든 인간이라 보기에 무리가 있었으니.

그는 사방을 둘러보았다.

하지만 아무리 찾아도 몰란덱의 모습은 보이지 않았다. 워낙 거대한 덩치를 가진 몰란덱인지라 머리카락 한 올만 보여도 어떻게든 될 것 같은데 도무지 털 하나도 보이지가 않았다.

고르고는 급박한 마음을 감추지 못하고 발을 동

동 굴렀다.

"어떻게 하지? 어떻게 몰란덱을 찾지?"

도무지 쓸모가 없구나, 난.

일행에서 가장 도움이 되지 않았던 스스로를 생
각하며 그는 자괴감에 빠졌다.

바한은 엄청난 경험과 지식 그리고 육체적인 능
력으로 일행을 이끄는 대장이 되었다.

몰란덱은 파괴적인 위력을 자랑하는 투쟁력을
앞세워 온갖 위험에서 일행을 지켜 주었다.

아무르 역시 정작 아무것도 하지 않았다고 생각
할 수 있지만, 그 번뜩이는 지혜와 추진력으로 일
행의 선택지에서 확실한 이정표 역할을 해 주며 도
움을 주었다.

쿨리아는 말할 것도 없었다.

'또 나만!'

그의 눈동자에서 눈물 하나가 뚝 떨어져 바닥에
고였다.

참담한 마음을 금할 수 없었다.

도대체 바한은 왜 이런 쓸모도 없는 자신에게 부
탁을 했던가?

아무것도 할 수 없는 무기력한 학자 나부랭이 아니던가. 그는 눈을 질끈 감고 눈물을 끊어 냈다.

"몰란덱! 제발 이리로 나와 줘요! 우리는 당신의 도움이 필요하다고요!"

그때였다.

뭔가 바스락, 하는 소리가 들렸다.

고르고는 자신이 잘못 들었다고 생각했지만 완전한 소리의 차단으로 스스로의 목소리만 판별할 수 있는 공간이었다. 아무리 생각해도 이게 그냥 들린 소리는 아닐 것이다.

그의 고개가 천천히 발밑으로 향했다.

거기에는 너무도 큼직한 철이 존재했다.

정확하게는 강철의 손잡이와 같았다.

땅 깊숙이 숨은 거대한 강철 덩어리. 그 강철 덩어리에 옷깃이 스쳐서 나는 소리였던 것이다.

고르고의 표정이 밝아졌다.

너무나도 익숙한 강철 손잡이였다.

너무나도 익숙한 도끼의 손잡이였다.

굵고 긴, 고르고가 두 손으로 쥐어도 다 잡기 힘든 엄청난 무게감을 지닌 도끼의 손잡이.

몰란덱의, 강철로 통으로 만든 특유의 도끼였다.

세상에서 오직 몰란덱만을 위해 만들어진 도끼.

고르고는 반가운 마음에 손잡이를 잡고 힘껏 당겼다. 당연하지만 당겨지지 않는다.

그냥 들어도 들 수 없는 무거운 도끼였는데, 그게 땅에 묻혔으니 도무지 꿈쩍할 기미조차 보이지가 않았다.

그는 손을 세워 거칠게 땅을 팠다.

다행히도 땅은 물러서 그런지 한 번 손을 넣을 때마다 삽으로 퍼낸 것처럼 푹푹 파였다.

고르고의 몸은 순식간에 땀으로 젖었다.

평소라면 금세 지쳤을 몸이지만 어떤 절박한 심정이 그의 몸을 지배했다.

그렇게 얼마나 땅을 팠을까.

거의 일 미터는 팠을 것이다.

그럼에도 강철의 손잡이는 끝나지 않았다.

양옆으로 쭉 뻗어 나간 도끼날 역시 물론 보이지 않았다.

이미 피투성이가 되어 손톱까지 쩍쩍 금이 갔지만, 그래도 고르고는 손놀림을 멈추지 않았다.

애초에 멈출 거였으면 진즉 멈췄을 것이다.

그는 피가 뚝뚝 떨어지고 손이 떨어져 나갈 것처럼 아팠지만, 그래도 파고파고 또 팠다.

그러나 도끼가 워낙 컸고, 심지어 이제는 땅도 단단해져서 손이 들어가지 않았다.

그는 힘껏 땅을 찔렀지만 손가락이 부러지고야 말았다.

그래도 포기할 수 없어서 팔꿈치, 발끝, 심지어 입으로까지 퍼냈다.

하지만 한계가 있었다.

그의 입에서 비통한 외침이 터졌다.

"몰란텍! 거기에 있는 거죠! 제발 내 목소리를 듣고 일어나요! 어서 이리로 나오란 말이에요!"

대답은 들려오지 않았다.

고르고는 절망감과 고통에 눈물을 흘렸다.

그는 절망과 고통을 오기와 분노로 바꾸어 기다란 손잡이를 잡고 흔들었다. 손가락이 부러지고 왼쪽 손목은 탈골이 되었지만, 그래도 그는 멈추지 않았다. 얼마 나가지도 않는 체중을 전부 실어서 낑낑대며 도끼를 흔들었다.

놀라운 일은 그때 일어났다.

설령 당장 몰란덱이 와도 힘껏 뽑아야 겨우 뽑힐 정도로 단단하게 고정이 되었던 도끼가 슬슬 움직이고 있는 것이다.

고르고의 눈동자에 언뜻 희망의 빛이 떠올랐다.

"몰란덱! 몰란덱!"

그는 수백, 수천 번을 그의 이름을 외쳤다.

당연하게도 몸은 쉬지 않았다.

얼마나 많이 그의 이름을 불렀는지 목이 쉬고, 양손은 이제 손이라 불리기 민망할 정도로 뭉개졌지만, 그래도 그는 몸을 흔들고 목으로 외쳤다.

뭉툭한 도끼의 날이 단단한 땅을 베어 내며 마침내 조금씩 모습을 드러냈다.

그것도 모른 채 고르고는 자신의 행동을 반복했다. 몇 시간이 지났는지 아니면 며칠이 지났는지도 모를 시간의 흐름 속에서 그는 그것밖에 모르는 듯 맹목적으로 몸을 놀렸다.

그리고 마침내.

불쑥!

땅을 가르고 고개를 빼꼼히 내민 도끼의 날.

동시에 도끼 옆에 땅속에서 굵고 긴, 사람의 팔이라 생각하기 어려운 팔이, 힘줄이 지렁이처럼 툭툭 불거져 나온 거대한 팔이 도끼와 함께 튀어나왔다.

"몰란덱⋯⋯."

그렇게 고르고는 정신을 잃었다.

고르고는 정신을 잃으면서 크고 우람찬 뭔가가 자신의 몸을 바치고 있다는 생각에 미소 지었다.

익숙한 팔이었다.

"고르고."

‡   ‡   ‡

공간과 공간을 넘어서 나타난 몰란덱은 이를 악물고 고르고의 상세를 살폈다.

고르고는 거의 폐인이 되어 있었다.

양팔은 고쳐도 다시 고칠 수 있을까 싶을 정도로 망가졌으며, 하얀 뼈까지 튀어나왔다. 양 무릎은 전부 까져서 뼈가 보였고, 좌측 손목뼈는 물론이거니와 어깨뼈까지 탈골되었다.

잔혹하고도 숭고한 모습이었다.

한 생명을 불러들이기 위한 각고의 노력이 보이는 희생이었다.

신이 이 땅에 내린 가장 숭고한 개념, 희생의 근본이 보이는 모습이었다.

몰란덱의 큼직한 눈가에 작은 습막이 들어찼다.

어둠을 방황하며 내가 누구인지도 몰랐던 순간, 고르고의 외침이 들렸다.

정작 누구의 목소리인지, 왜 나를 부른 것인지, 지금 부르는 것이 나인지도 몰랐던 세계에서 점점 빛이 들어왔고, 동시에 그는 자신을 깨달을 수 있었다.

고르고가 없었다면 이렇게 제정신을 차릴 수 없었을 것이다.

어쩌면 평생 망령에 휩싸여 세상을 떠돌았을 터.

'고르고. 고맙소.'

울컥 하는 감정이 올라왔지만, 그는 울지 않았다.

대신 자신을 위해 팔을 희생함을 넘어 목숨까지 걸었던 고르고를 위해, 그를 그렇게 만들도록 판을 짠 모두를 위해 분노의 불길을 태웠다.

그의 호랑이 같은 눈에 피 터지도록 싸우는 쿨리아와 무하나비가 보였다.

쿨리아의 손톱과 강인한 힘에도 무하나비는 무너지지 않았다.

평생 소원이 그것이라도 되는지 상처가 나도, 또 나도 재생이 되는 그의 모습은 귀신보다도 기괴했다.

반면 아무리 요괴라지만 무너지지 않는 무하나비의 주먹질에 그녀의 몸에선 피가 튀고 멍이 들어 있었다.

몸에 걸치고 있는 저고리와 치마가 대부분 찢어져서 민망한 상황을 연출했다.

쿨리아는 씩씩 대면서도 여전히 요사한 눈으로 무하나비를 노려보고 있었다.

실제로 고르고가 꿈의 영역 안으로 들어간 시간은 얼마 되지 않았다.

그사이에 구백여 년이나 살았던 요괴 쿨리아가

이렇게까지 밀린 것이다.

몰란덱의 손이 도끼를 쥐며 굵은 힘줄을 보였다.

몰란덱은 망령과 싸우면서 이 싸움이 어떤 싸움인지, 그리고 이 싸움이 어디에서 비롯되었는지 전부는 아니더라도 일부는 깨달았다.

바한을 원망만 할 수 없었다.

그렇다고 세상을 향해 원망할 수도 없었다.

인간의 오만인지 뭔지 복잡한 걸 생각하고 싶지는 않지만 적어도 작금의 상황에서 누군가를 원망해 봤자 답은 나오지 않음을 그는 깨달았다.

중요한 것은 상황 자체를 타파시키는 것.

그리고 이 참을 수 없는 분노를 터트리는 것.

"으아아!"

천둥의 소리도 이보다는 작을 것이다.

갑작스레 터진 무자비한 소리의 힘에 쿨리아와 무하나비가 발작적으로 귀를 막았다.

사람의 몸에서 나올 수 없는 외침이었다.

동시에 거대한 동체가 하늘을 갈랐다.

말 그대로 날아가는 수준이었다.

고르고가 있는 곳에서 무하나비가 있는 곳까지

거의 직선에 가까운 작은 포물선을 그리며 날아간 몰란덱이 두 손을 쥐고 도끼를 휘둘렀다.

무하나비가 미처 쳐다보기도 전이었다.

콰아앙!

소리가 터졌다.

그 소리가 얼마나 컸는지 쿨리아는 벌렁 넘어지고, 정신을 잃은 고르고의 몸이 움찔 떨려 왔다.

몰란덱의 도끼가 땅을 찍자 그 여파로 인해 바닥에 삼 미터에 가까운 상처가 쫙 갈라졌다.

그야말로 무지막지한 힘이었다.

그리고 도끼가 내려치는 가운데에 존재했던 무하나비는 정확하게 반으로 쪼개졌다.

나무를 쪼개는 것도 아니고 사람을 쪼개는, 그것도 강철처럼 단단해진 몸의 사람을 쪼개는 일을, 마치 신의 실수로 탄생한 것 같은 거대한 전사의 도끼질 한 방이 가능토록 만들었다.

반으로 쪼개진 무하나비의 몸이 버둥거렸다.

그 상태에서도 죽지는 않은 모양이다.

부활자, 한 번 죽어서 죽지 않는 존재이니 이 정도로는 소멸시킬 수 없을 것이다.

몰란덱은 분노로 이글거리는 눈을 빛낸 채 연신 도끼질을 해 댔다.

한 번이 두 번이 되고, 두 번이 세 번이 되는 데에 걸리는 시간은 그야말로 찰나였다.

엄청난 힘과 속도로 도끼질을 해 대는 몰란덱의 모습은 어딘지 모르게 광기에 물들어 있었다.

수백 번의 도끼질 이후 땅은 초토화가 되었고, 무하나비의 몸은 수백 조각으로 다져진 고깃덩이로 변했다.

이 상태에서도 재생이 가능한지 모르겠지만 설령 된다 하더라도 얼마나 오래 걸릴지 모를 일이다.

"멈춰! 그만해도 돼!"

분노로 온몸이 붉게 달아오른 몰란덱의 몸은 바람을 맞아 기이한 아지랑이를 피워 냈다.

만약 쿨리아의 요사스러운 외침이 아니었다면, 죽을 때까지 멈추지 않았을 것이다.

몰란덱은 씩씩거리다가 이내 도끼를 등에 걸었다.

쿨리아는 고개를 저었다.

"무슨 인간이 요괴보다도 강한 거야? 너 진짜 사람 맞냐?"

물론 농담이었다.

이미 몰란덱의 정체를 전부 알고 있는 그녀였지만 조금이라도 몰란덱의 눈을 씻어 내주기 위해서였다.

몰란덱은 침중한 눈으로 그녀를 바라보다가 다시 고르고에게 달려갔다.

고르고의 눈동자는 거의 뒤로 넘어가 있었다.

당장 죽지야 않겠지만 확실히 위험한 상태였다. 이대로 놔두면 돌이킬 수 없는 결과가 나타날 것이다.

몰란덱의 눈이 쿨리아에게 향했다.

"가능하겠소?"

쿨리아의 눈에 안타까움과 의문이 동시에 떠올랐다.

"뭐가 말이야?"

"고르고를 살려야 하오. 이대로 죽게 할 수는 없소!"

"가능이라 하면…… 솔직히 이 정도로 무너졌다

면 회생시키기는 힘들어. 이전에 대인처럼 내장이 상했다거나 정기가 소모되었다면 모르겠지만, 뼈가 부러지고 외상이 심한데 출혈까지 많아…… 이건 나의 피로도 치료가……."

몰란덱이 쿨리아를 향해 무릎을 꿇고 엎드렸다.

그는 연신 이마를 땅에 박았다.

"내 이렇게 부탁하오! 내 피를 전부 써도 좋소! 부디 고르고를 살려 주시오! 당신 정도의 힘을 가진 요괴라면 뭔가 수가 있을 거 아니오!"

자부심 넘치는 전사, 성주인 고람은 물론 세상 누구에게도 무릎을 꿇지 않았다는 최강의 남자가, 한때 마뜩찮게 생각했던 요괴라는 존재에게 무릎을 꿇고 있었다.

쿨리아는 그의 모습에 일순 말을 잇지 못했다.

'불합리의 사생아.'

그녀는 살짝 눈을 감았다가 저 멀리를 향해 눈을 돌렸다.

거대한 몸체를 한 시커먼 용과 한 인간의 대치.

그리고 그 사이에 선 가녀린 여인 한 명까지.

하지만 쿨리아의 눈은 정확하게 바한에게 향했

다.

너무나도 기괴해 버린, 배신과 복수의 합작으로 태어난 이 시대 최악의 존재에게.

'대인. 만약 이대로 사라져도 부디 끝까지 모시지 못한 불충을 용서해 주세요.'

그녀의 시선이 다시 몰란덱에게 닿았다.

"가능성은 있어."

"어, 어떻게 하면……?"

"나는 지금 힘이 모자라. 하지만 넌 다르지. 내가 너의 피를 빨고, 그 피를 나의 몸으로 거쳐서 다시 고르고에게 주입한다."

"그렇다면 당장이라도!"

"하지만 말처럼 쉬운 게 아니야. 한 번 빨리고 다시 주입되어 자생이 된다면 모르겠지만, 고르고의 상태는 한 번으로 가능할 것 같지가 않아. 자칫하면 너까지 죽어. 그래도 하겠어?"

몰란덱의 눈동자가 무척이나 형형하게 빛났다.

아무런 말도 하지 않았지만 그는 몸으로 말하고 있었다.

온몸에 피가 다 빨린다 하더라도 고르고를 살려

내라고 말했다.

쿨리아의 이빨이 입술을 질끈 깨물었다.

"좋아. 해 보지."

‡   ‡   ‡

―네가 마당을 여는 여신의 각성자냐?

단어가 바뀌고 문장이 바뀌었지만 못 알아들을
내용은 아니었다.

아무르는 힘차게 고개를 끄덕였다.

"그런 것 같아요."

―흥미롭군. 너는 너의 몸에 무엇이 숨겨져 있
는지 아느냐?

"복수신의 영혼이죠. 하지만 신의 섭리로 새하
얗게 변해 버린 화해의 주도자입니다."

바한의 이글거리는 눈동자가 아무르에게 향했다.

"그 외에 하나가 더 있었군."

용은 긍정했다.

바한의 입에서 질겅질겅 씹는 듯한 말이 나왔다.

"신은 어디까지 이 싸움에 참여하는가? 정작 섭리를 부르짖으면서 자신은 강림하지 아니하고 비열한 수를 쓰는구나! 어째서 일곱 패악 중 '오염'까지 세상에 내놓았단 말이야!"

아무르는 그의 말을 들으면서 또 하나를 깨달았다.

복수신의 영혼으로 물들었지만, 신의 오묘한 뜻으로 복수신의 한을 풀 자연의 대리자라 생각했던 자신이었다.

하지만 그 속에는, 그녀만의 본성이 따로 존재하고 있었다.

현자성에 있던 시절, 모든 학자들의 논리를 무너뜨리며 자신의 논리를 설파했던 천재 여학자.

세상에서 가장 파급력이 빠른 존재 개념 중 하나.

스스로를 위한 더러움으로 세상을 향해 달려가는 일곱 패악 중 하나.

'오염'이 그녀의 본성이었던 것이다.

하지만 근본을 깨달았다고 해서 지금 그녀의 성

정과 목적까지 바뀌지는 않았다.

아무르는 깨달았을 뿐이지 휘둘리지 않았다.

오히려 배신의 입장에서는 충분히 오염으로 볼 수 있는, 아니, 다름이 없는 순백의 하얀 의지를 씌우려 하고 있었다.

그녀가 태어난 이유이며 운명이었다.

오염은 스스로를 물들이는 가장 느릿하면서도 급격한 의지.

남들을 오염시키다가 결국 스스로 파멸을 맞이하여 새하얗게 변해 버린 신의 의지로서 그녀는 깨어났다.

아무르의 투명한 눈동자가 바한에게 향했다.

"바한. 이 싸움을 그만두세요."

"시끄럽다! 날 바한이라는 역겨운 이름으로 부르지 마라! 나는 오로지 '배신'일 따름이다! 그리고 복수의 다른 이름이야! 네년은 눈을 똑바로 뜨고 나를 봐라!"

"아니, 당신은 바한이에요. 바한일 수밖에 없어요."

"뭐라고?!"

"배신이며 복수인 당신은 세상에서 태어난 개념들 중 가장 강렬한 개념으로 화했어요. 하지만 당신이 천 년에 가까운 시간 동안 참았던 이유가 뭔 줄 알아요? 당신이 신중했다고 생각하나요? 천만에요. 복수는 그럴지라도 배신은 그럴 수 없어요. 당신은, 당신들은 천 년 동안 머리를 굴려 가며 신의 권위를 부정할 방법과 계책을 세워 두었으리라 생각했겠지만, 그건 진실이 아니죠."

아무르는 잠시 목을 다듬었다.

"당신이 천 년 동안 인고의 시간을 참아 낸 이유는 바한 때문이에요."

"……그놈 때문이라고?"

"배신이나 복수, 하나의 존재라면 몰라도 둘이서 합쳐진 강렬하기 짝이 없는 개념인 당신이 나를 못 알아봤을까요? 아니죠. 당신은 처음부터 날 알고 있었어요. 내 속에 '오염'이 있음을, 그리고 당신을 오염시켜 세상의 안전을 도모하려는 의지를 당신은 알아볼 수 있었어요. 알아보지 못하는 게 이상하죠. 그렇지만 알아봤다면 나는 지금 이자리에 없었겠죠. 진즉 바한의 손길을 타서 죽었을 테니까. 하지만 바한은 언제나 일행을 그리고 나를 지켜 주었어요. 반드시 일행을 살려야 된다는, 단순히 그가 말한 예의 이상의 뭔가가 그를 움직이도록 만들었어요. 애초에 거부했어도 되었을 부활화 찾기를 그는 거리낌 없이 도와주었고, 동시에 수많은 위험으로부터, 너무나도 확실하게 우리를 구했죠. 자신의 목숨까지 걸면서요. 그게 뭔지, 그 이유가 뭔지 알아요?"

"그게……?"

"오로지 평화와 조화만을 위해 달려온 사람이니까요. 바한은 그런 사람이니까요. 바한(인성)은 세계의 화해를 강렬하게 원했어요. 인간이 몰락한다면 그저 몰락하는 대로, 어떤 의지의 개입이 아닌 스스로 멸망하게끔, 그때까지 그들이 지닌 운명대로 살게 놔두고 싶었어요. 신이 만든 창조물은 신의 손길이 끝마쳐서 존재되는 순간 신의 품에서 멀어지는 건 당연한 이치예요. 신이 만들었으니 신의 것이라는 이치는 옳지 않아요. 그것을 신도 알고, 바한도 알았어요. 자유 의지를 가진 모든 존재들의 멸종은 자연이라는 세계 안에서 이루어져야지 초월적인 존재들의 다툼으로 피해를 입어서는 안 된다는 게 바한의 생각이었고, 동시에 모든 사람들의, 자연의 생각이기도 해요. 그래서 바한(인성)은 배신과 복수로서 모든 출격 준비를 마친 당신들의 시선을 왜곡시킨 것이에요. 인성으로 태어나 신성에 다른 바한은 기어이 당신들의 시선을 왜곡시키고, 자연의 시선을 조심하도록 은근하게 심어 놓았으며, 지금 이 시간까지 도달하도록 조장했어요. 그 모두가, 당신들의 계획 하에 이뤄진 것이 아니라 바한이 극도로 조심해서 세운 계획의 일부였던 거죠."

아무르의 눈에서 투명한 눈물 한 방울이 뚝 떨어졌다.

반면 바한의 눈동자는 점점 스산하게 깊어졌다.

그러나 일전의 깊음과는 달리 뭔가 충격적인 감정이 깃들어 있었다.

인간과 너무나도 다른, 인간을 한참이나 초월했지만 반대로 그들보다 약하다 할 수 있는 용이나 귀신처럼 완전하지 않은 것이 일곱 패악의 개념들이었다.

그랬기에 그들의 모습은 지극히 인간의 감성과 닮아 있었다.

"천 년이 넘도록 당신들의 계획에 동조하는 척하면서 고독과 싸우고, 고통과 싸웠던 그는 기어이 지금까지 당신들을 이끌었죠. 천 년의 시간은 당신들이 계획을 짜 맞추는 시간이 아니었어요. 바로 바한이 버틴 인고의 시간이었고, 동시에 신의 반격을 준비시키는 시간이었어요. 그는 혼자 모든 고통을 감내하면서 당신들의 비뚤어진 뜻을 무너뜨리기 위해 발버둥친 거죠. 덕분에 용으로 화한 '광기'와, 아무르라는 이름으로 화한 '오염'이 나타나 이중 개념인 당신을 막을 것이고, 귀신 스스로 갇히길 원한 참람된 창이 개방되며 이중 존재 개념, 당신을 빛으로 인도할 겁니다."

아무르의 눈동자가 이내 하얀색으로 물들었다.

"바한! 그 안에서 나와요! 당신이 원했던 바를 하세요! 지금 당장 창의 봉인을 해제해요!"

신의 음성을 담은 오염의 목소리였다.

끄르륵 하는 기묘한 소리와 함께 바한이 풀썩 무릎을 꿇었다.

그의 눈동자가 거꾸로 돌아가며 핏줄을 툭툭 터 트렸다.

내부에서 끊임없이 폭발하는 뭔가가 이중 존재 개념을 괴롭게 만들었다.

아무르는 눈물을 흘렸다.

아무리 이중 존재 개념이었지만 그들 또한 세계 를 이루는 축이었다.

동시에 형제이자 자매였다.

그의 고통이 자신에게도 전해졌고, 광기인 용에 게도 전해질 것이다.

게다가 겉모습뿐이라지만 그간 진정한 성자라 불릴 위대한 희생을 감행한 바한의 모습이 그녀를 눈물 짓게 하였다.

"바한 제발!"

그때 그가 쥐었던 참람된 창이 허공 높이 떠오르 며 부르르 떨렸다.

인성으로 태어나 신성에 닿은 유일한 인간, 불완 전한 인간으로 태어나 스스로의 힘으로 완전함에 닿은 신성이 개화하여 참람된 창의 수실을 쥐어뜯 었다.

순간 창에서 바라보기 힘든 빛깔의 수천 가지 색깔이 튀어나왔다.

이름이 붙여지지도 않는 기기묘묘한 색깔들은 저 멀리서 멍하니 이곳을 바라보았던 수천의 귀신들에게 날아가기 시작했다.

바야흐로, 창에 봉인이 되었던 귀신들의 지혜와 자아가 완전한 탈출을 감행하여 본 주인에게 돌아가기 시작한 것이다.

바한은 이제 병에 걸린 것처럼 바닥에 엎드려 벌벌 떨었다.

그 모습을 보는 용의 눈가에도 언뜻 측은함이 감돌았다.

광기에 젖은 이전의 눈은 상상조차 못할 정도로 감성적인 눈동자였다.

—스스로의 아집과 잘못된 판단으로 인해 천 년의 세월 동안 스스로를 구속하였구나.

"맞아요."

—진정 대단하다 아니 말할 수가 없군. 인간으로 태어나 자신의 힘으로 신성으로 화해 신과 대화한 인간이라니. 내가 이렇게 부활을 한 것도, 그대

가 나타난 것도 그리고 작금에 이 사태가 일어난 것도 모두 배신과 복수를 막으려는 한 인간의 의지였단 말인가?

"그래요. 설령 존재 개념으로서 살아온 우리라도 상상 못할 고통을 겪으면서 이 위업을 달성한 것이 한 인간의 힘이었어요."

용은 하늘을 보며 탄식했다.

―부끄럽기 짝이 없구나. 나는 무엇을 위해 달려왔는가?

"당신은 부끄러워할 필요가 없어요. 나도 그렇고 당신 역시 세계를 이루는 개념의 일부예요. 어긋난 길을 잡은 동포를 위해 우리 역시 희생하는 것이 마땅해요."

―그렇군. 그래서 신은 내게…….

"네. 신은 인간의 멸망을 원하지 않았어요. 아직은 그렇죠. 다만 배신과 복수를 자극시키기 위해 당신과 나를 내렸어요. 이중 개념의 힘을 막을 수 있는 단일 존재 개념은 광기, 당신뿐이니 대립의 극으로 세우고 중재자로 오염을 내세운 것이죠. 신은 화해를 원해요. 다시는 이런 일이 발생하지 않

도록, 비뚤어진 그를 세계의 일부로 돌아가도록 우
리끼리 다독여 주기를 원해요."

용의 눈에도 눈물이 흘렀다.

─우리는 일곱이자 하나이니까?

"맞아요. 누구보다도 서로를 잘 아니까요."

그들의 대화는 더 이상 이어지지 못했다.

하늘 높은 곳에서 귀신의 모든 것을 되돌려 준
참람된 창은, 세상에서 가장 단단한 용의 뼈로 만
들어졌다는 사실이 무색할 만큼 빠르게 부패하여
허공에 휘날렸다.

그리고 마침내 저 멀리서 진을 짜고 기다렸던 귀
신의 무리가 공간을 헤집고 이곳에 나타났다.

입었던 소복은 새하얗게 빛났고, 피눈물을 흘렸
던 얼굴은 냉정함과 자애가 공존하였다.

차가운 자비.

동시에 푸른 눈동자에서는 가늠할 수 없는 지혜
가 가득하였다.

이전처럼 모두 똑같은 모습을 했던 그들의 얼굴
역시 모두 바뀌었다.

개구쟁이 같은 아이의 얼굴도 있었고, 어머니처

럼 푸근한 인상도 있었다.

노인의 모습, 청년의 모습, 처녀의 모습 등등 수천의 귀신은 수천의 개성으로 무장한 채로 부활의 외침을 알렸다.

용과 함께 역사상 가장 완전하고 지혜롭다 일컬어진 신비의 일족, 귀신 일족이 마침내 봉인에서 해제된 것이다.

용은, 광기와 하나가 된 자신의 자아를 다독이며 그들에게 인사를 건네었다.

—실로 오랜만에 보게 되는군.

귀신 무리 중 한 귀신이 튀어나왔다.

누구보다도 큰 몸집을 한 귀신이었다.

지팡이를 잡고 나타난 귀신은 얼굴에 주름이 가득한 노파였다.

하지만 인간과는 달리 너무나도 신비롭고 성스러워 마주 보기가 부담스러울 정도였다.

천 년 전 신수마부의 삶을 영위했었던 바한과 비밀스러운 담소를 나누고, 많은 귀신들의 의견을 하나로 통합해 자체 봉인을 명했던 귀신 무리의 수장 호요파가 그녀였다.

"석양의 환희. 위대한 마지막 왕을 이 노파가 뵙습니다."

—그동안 고생이 많았소.

"별말씀을. 왕의 고통과 신수마부의 고통에 비한다면 그저 잠을 자고 있었을 따름입니다. 우리 모든 귀신들이 당신과 신수마부에게 경의를 표합니다."

바한의 몸이 크게 한 번 튕겨졌다.

눈과 코, 입과 귀에서 피를 흘리기 시작한 바한은 그렇게 축 늘어졌다.

동시에 피가 터져 나온 구멍들을 통해 시커먼 안개가 나오며 하나로 뭉쳐졌고, 마치 회오리처럼 휘몰아쳐 이윽고 거대한 형상 하나를 만들어 냈다.

장엄하다면 장엄한 광경이었다.

형태 없는 안개, 하지만 명백한 의지가 보이는 모호한 존재.

배신과 복수의 합작이 마침내 신성으로 물든 바한의 몸에서 빠져나온 것이다.

—으아아아!

모든 것을 깨달은 자의 절망이었다.

하나의 힘으로 모자란 듯하여 둘이 되어 세상을 향해 포효했지만, 그 야망과 희망, 해방감이 지나치게 거대하고 고약하여 신의 힘까지 빌어 억압된 자의 절망이었다.

용은 광기와 자아의 합신으로 그에게 말하였다.

—모든 것은 끝이 났다. 신의 의지를 빌어 망자들은 이 시간 이후로 사라지게 될 것이고, 인간들은 이전의 삶을 되찾게 될 것이다. 세계의 비틀림이 온건하게 화하여 조화를 이루고 그간 망자의 손에 죽었던 모든 이들이 환생을 거듭하여 행복한 삶을 맞이하게 되리라. 더 이상 네가 뻗어 나갈 길은 없으니 이만 패배를 받아들이고 세계의 일부로서 우리와 함께 자리로 돌아가길 바라는 바다.

시커멓고도 모호한 안개는 격렬하게 절망을 표했다.

더 이상 아무런 포효도 지르지 않았으나 허공에서 일어나는 그의 격한 몸부림은 어떤 존재가 느끼는 절망의 끝을 보여 주고 있었다.

신의 권위를 부정하고 왕관을 끌어내리기 위해 천 년의 시간 동안 생을 거듭했던 존재의 절망은

하늘의 먹구름조차 겁에 질리게 만들 정도로 강렬
하다.

그때 저 멀리서 뭉실뭉실한 연기 하나가 번개처
럼 다가와서 용과 아무르 사이에 섰다.

그 연기는 이내 하나의 형태를 이루었는데, 인간
과 비슷한 듯하면서도 묘하게 달라 도무지 종잡을
수 없는 모습이었다.

바로 몰란덱의 손에 죽어서 소멸되기 직전 빠져
나온 '거짓'이었다.

일곱 패악 중 하나이자 모든 정지의 시작.

'거짓'은 나직이 투덜거렸다.

—'거짓'인 내가 신의 '거짓말'에 속다니 민망
하기 짝이 없군. 하지만 뭐, 결국 제대로 된 자리
로 돌아가기 위함이니 화는 내지 않겠어. 근데 저
인간은 뭐야? 아무리 불합리의 사생아라지만 내가
깃든 육신을 그렇게 다져 버리는…….

아무르가 나서서 그의 수다를 막았다.

"여전히 말이 많군요. 하지만 지금은 그게 중요
한 게 아니죠. 우리의 형제들을 데리고 돌아가야
할 시간이에요."

'거짓'은 침묵했다.

그때 몸부림을 치며 땅끝까지 절망했던 '배신'과 '복수'가 격렬한 음성을 터트렸다.

—나는 가지 않는다! 결코 가지 않아! 다시 그 시궁창으로 돌아가란 말이냐?! 신의 오만으로 평생을 썩어야만 하는 그곳으로 우리가 왜 다시 돌아가야만 하지?! 나는 그 지독한 곳에 처박히고 싶지 않아! 세상 모든 존재들의 가슴에 남아 신을 무너뜨리고 내가 신좌에 앉을 것이다!

그를 중심으로 먹구름이 모여드는 착각이 일었다.

누구보다도 거센 감성의 파동으로 세상을 향해 절망의 표호를 외치는 이중 개념은 점점 몸을 불려나갔다.

하지만 그는 더 이상 커질 수 없었다.

모인다면 개념의 '무효화'까지 시킬 수 있는 귀신 무리가 이곳에 다 모여 있었고, 가장 강렬한 '광기'와, 개화시킬 '오염'과, 힘을 보탤 '거짓'까지 진을 치고 있는 상황이었다.

그는 다시 몸부림을 쳤지만 이내 소용이 없음을

깨닫고 잠잠해졌다.

누구도 입을 열지 못했다.

동물이든 인간이든 개념이든, 그 어떤 존재이든 확실한 성공이 눈앞에 다가왔는데 스러졌을 시 감당하게 될 후폭풍은 거센 법이다.

더군다나 그것이 천 년에 이르는 시간을 감당한 것이었다면 표현하기 힘들 정도의 광풍으로 다가오리라.

아무르의 눈동자가 환해졌다.

새하얀 빛, 먹구름을 몰아낼 정도로 강렬한 순백의 광채였다.

"이제 우리 돌아가요. 일곱 개념이 없는 세계는 더 이상 세계가 아니에요. 우리는 시궁창에 있는 게 아니라 세계의 조화를 위해 조심스레 힘을 쓰는 자연 일부예요. 우리가 없다면 세상도 무너지는 거죠. 우리는 처음부터 신에게 외면당한 존재들이 아니라 처음부터 신을 이루는 일부였어요."

ㅡㅡ…….

"당신들이 어떤 절망감을 맛보고 있을지 우리는 알지 못해요. 당신들과 같은 경험이 없으니까요.

하지만 동시에 하나인 우리는 당신들을 이해해요.
당신들은 객체로 존재하지 않는 하나의 몸이에요.
그러니 함께…… 다시 세상을 구성하기 위한 일부
로 돌아가요."

시커멓고 모호한 안개는 천천히 몸집을 줄여 나
갔다.

그 속도는 아주 느렸다.

느리고도 느렸다.

하루가 지나고 이틀이 지났지만 그럼에도 아직
다 작아지지 않았다.

하지만 주위를 둘러싼 이 많은 존재들은 그가 마
음을 정리할 시간을 주었다.

이윽고 삼 일이 되던 날.

빠르게 작아지기 시작한 안개는 이내 둘로 나뉘
어 투명한 안개와 시커먼 안개로 존재를 분리시켰
다.

'배신'이자 '복수'였던 이중 존재 개념이 아닌
명확하게 나뉜 하나로서의 개념이었다.

허탈하지만 어쩔 수 없는 것.

더 이상 나아갈 길이 보이지 않는 절망이 체념으

로 바뀌고, 이내 인정에 이르는 시간은 삼 일이었
다.

그를 보면서 아무르는 우리네와 같은 존재 개념
들도 사람과 하등 다를 것이 없는 불완전한 존재라
는 걸 새삼 깨닫게 되었다.

"자, 갈까요?"

그때 이후로 아무르는 정신을 잃은 채 쓰러졌고,
석양의 환희는 마치 가루처럼 휘날려 세상에서 사
라졌다.

석양의 환희는 사라지기 직전, '광기'로서가 아
닌 이전의 선왕, 마땅히 왕의 칭호를 받았던 그때
의 용으로서 귀신들에게 인사했다.

—조화로운 세상을 위해 힘써 주길 바라네.

"우리는 걱정하지 마시고 안락한 수면에 드시길
기원합니다. 훗날 뵐 일이 있을 겁니다."

—나중에나 오게. 너무 피곤하군, 내 잠은 꽤
길 거야.

"그러지요."

수천의 귀신들은 이전처럼 무엇이든 통과하는
몸이었으나 동시에 뭔가를 들 수도 있는 기경을 발

휘했다.

그들은 아무르를 들고 저 멀리 일행이 있는 곳으
로 나아갔다.

짧고 격렬했던, 대다수의 사람들은 몰랐던 신화
적인 싸움.

자칫 잘못했다면 인간의 타락으로 이어졌을 이
지독했던 전쟁은 이렇게 마무리가 되었다.

신성에 이르렀던 한 인간의 의지가 그들의 분신
을 구하고, 세계의 파괴를 막아 내었다.

그러나 이 전설적인 이야기의 진실을 아는 사람
은 거의 없었다.

세계 전체가 위협으로 휩싸여 인간의 멸망으로
달려갔던 나날들.

이틀 동안 깨어난 망자로 인해 죽어 간 사람들의
수는 대륙에 퍼진 인간 수 중 절반에 달하였고, 그
외에 많은 피해로 눈물과 공포를 낳았다.

그렇게, 세계와 세계의 싸움은 끝이 났다.

‡　　‡　　‡

달번령은 자신의 이마가 일그러지는 걸 막지 못했다.

눈앞에 모든 것이 사라지고 있었다.

홍안의 시절, 나라가 무너지고 아버지인 판주아의 마지막 대장군이 산화하면서 그는 하나의 꿈을 키웠다.

그 누구보다도 강성한 세력을 유지한 채, 판주아 이후 인간이 세운 또 다른 국가를 창립하길 그는 기원했다.

그리고 그러한 세력을 키우기 위해서 병력이라는 힘과, 돈이라는 힘 그리고 명성이라는 힘은 필수였다.

그 세 가지의 힘이 하나로 뭉쳐지며 백성들의 지지를 받게 될 때, 그는 오롯이 왕으로서 설 수 있으리라.

오로지 그것만을 위해 달려왔던 세월이었다.

머리가 좋은 아이들이 있으면 신분에 신경 쓰지 않고 영입해서 키워 냈다.

그들은 은인인 자신을 위해 좋은 머리를 바치고, 세계 최초로 총포와 화포, 유탄포까지 만들어 내는 기염을 토해 냈다.

더불어 튼튼한 아이들을 아주 어렸을 때부터 키워 충성을 받아 내고, 대외적으로 보이는 병력 이외에도 또 다른 비밀 세력까지 만들어 냈다.

오로지 자신을 위해서만 살고 자신을 위해서만 죽는, 역사에서 찾아보기 힘든 최강의 정예 병사들을 무려 일천이나 키워 냈다.

천 년에 가까운 시간을 내려오며 다져지고 다져진, 판주아 특유의 병력운영과 전략 전술을 몸에 새긴 강력한 병사들이 무려 일천이니, 개인 대 개인이라면 모르나, 단체 대 단체로 전쟁이 일어난다면 어느 단체의 어떤 병력이라도 깨부술 수 있는 이들이었다.

달번령은 자신이 있었다.

세상에 뻗어 나간 수많은 성들이 합심이라도 하지 않은 이상, 어느 하나의 단체가 귀족성의 병력을 막을 수는 없을 것이다.

설령 전사들의 쉼터인 희망의 성, 최대 규모의

법정성, 기마민족의 후예인 산신성, 세 단체가 합쳐서 덤비더라도 수성(守城)의 전투로 이어질 시 무조건 이기리라 달번령은 확신했다.

인재를 꼽는 데에 주저하지 않았고, 돈을 버는 데에 도의적으로 문제가 되더라도 은밀히 이행하였다.

그렇게 거의 백 년의 세월을 투자해서 일군 귀족성.

그런 귀족성이, 달번령의 모든 것이라 할 수 있는 귀족성이 무너지고 있었다.

강렬한 화포와 유탄포는 수많은 망자들을 가루처럼 만들었지만, 말도 안 되는 인해전술로 밀어붙이는 그들의 무자비한 진격은, 귀족성의 거대한 외성마저 허물어트렸다.

죽어서 땅으로 돌아갔어야 할 맹수들의 망자들은 기괴한 움직임으로 이미 내성까지 파고들어 병사들의 목숨을 취했다.

두 시간.

화포가 터지고 총포를 써 가면서도 귀족성의 모든 외성이 부서지는 시간은 겨우 두 시간.

두 시간 만에 백 년의 세월을 지켜 낸 귀족성의 넓고 거대한 외성은 고약한 모습으로써 땅으로 회귀하였다.

그리고 다시 세 시간.

내성이 천천히, 아주 천천히 무너져 갔다.

단순히 성벽이 무너지는 것이 아니라 달번령의 자존심과 자부심, 꿈과 희망까지 무너지고 있었다.

이미 외성을 부수고 내성까지 뒤흔든 공포의 망자들은, 심지어 침범한 그들의 숫자만이 전부가 아니었다.

저 멀리, 구름처럼 다가오는 엄청난 수의 망자들이 또 보인다.

해일이 밀려드는 것 같다.

달번령은 병사들을 위해 차가운 얼굴로 일체의 변동 없이 서 있었지만 이미 가슴은 썩어 들어가고 있었다.

도저히 막을 수 없는 파도였으며 빠져나갈 수조차 없었다.

차을목은 체념했다.

밧줄에 묶여 사방을 바라보는 그는, 자신의 생이

여기서 끝났다는 걸 깨달았다.

야망이고 뭐고, 망자들의 무조건적인 진격은 육
체의 종결을 넘어서 희망의 종결까지 보여 주었다.

달번령은 주위를 둘러보았다.

오로지 한 방향에서 쏟아지는 망자들이 아니었
다.

사방, 그 어느 곳에서도 빈틈이 없이 몰아붙이는
망자들의 파도.

그러나 그는 아직까지 한줄기 희망을 놓치지 않
았다.

그때였다.

저 하늘 높은 곳에서 불꽃과도 같은 순결함을 자
랑하는 한 마리의 주작이 쏜살처럼 날아오고 있었
다.

화염이 날아오는 것 같다.

달번령의 얼굴이 환해졌다.

주작은 아름다운 날갯짓으로 주위를 한 바퀴 돌
며 천천히 성루에 앉았다.

자신의 가장 가까운 수하라 할 수 있는 차을목조
차 속이면서 몰래 키웠던 주작 한 마리가 있었다.

수십 명의 희생자를 내면서도 기어이 알 하나를 훔쳐 주작을 키웠었다.

이 주작은 저 멀리, 북쪽의 땅 끝에서 날아오는 주작이 확실했다. 발목에 묶인 황금색 끈이 그것을 증명하고 있으니까.

하지만 그의 표정이 절망으로 물드는 것도 순간이었다.

발목에 달아서 날아왔어야 할 화신, 부활화의 전신이 없었다.

털 속에도 없었다.

그는 괴성을 지르며 미친 듯이 주작을 달달 볶았지만 주작은 그저 심유한 눈으로 달번령을 바라볼 뿐이었다.

느닷없는 사태에 성루에 있는 모든 사람이 달번령을 바라보았다.

그러나 달번령은 그들의 시선을 신경 쓸 여유가 없었다.

그는 자신의 수명을 알고 있었다.

백이십 년이 넘는 세월을 살았기 때문일까?

누구보다도 자신의 죽음을 확연하게 느끼는 달

번령이었다.

앞으로 몸을 잘 다스린다면 십 년 혹은 이십 년
은 더 살 수 있을 것이다.

많게는 삼십 년도 더 살 자신이 있었다.

그러나 화신이 없이, 왕이 되지 못하는 십 년,
이십 년, 삼십 년의 인생은 의미 없이 사는 인생일
뿐이다.

무려 반 시간 동안 주작을 뒤지던 달번령은 천천
히 뒷걸음치다가 성루의 벽에 등을 기대고 주저앉
았다.

위엄과 강렬함으로 차갑게 빛나던 그의 눈동자
는 회색빛으로 물들어 있었다.

단 한순간에 이루어 냈던 모든 것을 잃은 남자의
절망이리라.

그 절망의 깊이가 얼마나 지독한지, 바라보던 차
을목조차 몸을 떨었다.

그나마 달번령과 가장 비슷한 사상을 몸에 담은
차을목이었기에 그는 자신의 스승이자 부모였고,
동시에 정적이었던 달번령의 절망을 이해할 수 있
었다.

누구보다 가까웠고 동시에 먼 상대였기에 가슴
절절하게 느낄 수 있었다.

한 사람의 생이 길어 봤자 얼마나 길겠는가.

오래 살아야 겨우 백 년이 인간의 삶, 아니, 그
조차도 못 살고 죽는 사람들이 태반이었다.

백이십여 년 동안, 오로지 하나의 목표를 위해
달려왔던 달번령의 절망.

차을목은 푸들푸들 웃으며 동시에 눈물을 흘렸
다.

"세상은 우리에게 꿈을 이룰 기회를 주지 않나
봅니다, 성주님."

내성이 무너지고 있었다.

수천에 달했던 병사들이 대지로 회귀하고, 그나
마 도망을 치려던 이들 역시 망자들의 손에 잡혀
끔찍한 죽음을 맞이했다.

아직 오백에 달하는 병사들과 귀족들이 있었지
만 귀족성은 이제 끝장이나 다름이 없으리라.

그때였다.

금방이라도 성루까지 올라갈 듯한 모든 망자들
이 가루처럼 스러졌다.

바닷물에 흩어지는 모래성처럼, 그토록 많았던 망자들이 모조리 스러진다.

지금까지 일어났던 모든 일들이 꿈속의 광경이었던 것처럼, 망자들은 그들 자신이 죽였던 후대의 인간들과 같은 방향으로 회귀하였다.

차을목의 눈이 찢어질 듯 커지고, 그 외에 살아남은 모든 사람들도 어안이 벙벙했다.

그러나 조금의 시간이 지나 그들은 함성을 질렀다.

무슨 이유에서인지 모르지만, 망자들이 사라진 것이다.

죽음의 공포와 절망에 휩싸여 죽지도 못했던 모든 이들은 생의 환희 속에서 감격하였다.

오로지 달번령만이, 그만이 침을 흘리면서 절망의 끝자락에 위태로이 서 있었다.

그에게 망자들의 습격이나 생의 환희 따위는 문제가 아니었다.

백이십 년을 살았는데 당장 죽어도 인간으로서 미련은 없다.

미련이 있다면, 꿈을 이루지 못한 미련이리라.

그는 흐릿한 눈으로 하늘을 바라보았다.

빌어먹게도 맑은 하늘.

먹구름으로 가득했던 하늘이 흩어지며 찬연한 햇살을 뿌리고 있었다.

그때였다.

누군가가 그의 귓속에 속삭였다. 인간의 목소리라고 보기에는 너무나 위엄이 넘치는, 그리고 너무나 자애가 넘치는, 그리고…… 너무나 공포가 넘치는, 울림 깊은 목소리였다.

—너는 아직 살아야 할 이유가 있다. 넌 반드시 살아야 해. 너의 수명을 정산하지 않은 것은 이유가 있으니, 그동안이라도 행복을 찾아 살아가길 빌겠다.

달번령의 눈동자가 일순간 커졌다.

5막 4장

"대장군. 지금 무엇을 쓰고 있으십니까?"

누군가가 물었다. 그러자 대장군은 웃으며 대답하였다.

"훗날 내 아들에게 보여 주기 위한 일기를 쓰고 있다네."

"일기를요?"

"왜? 의외인가? 내가 일기를 쓰는 것이?"

"솔직히 그렇습니다. 평생 칼만 휘둘렀지 붓 한 번 잡아 본 걸 본 적이 없었으니까요."

"이 사람, 아주 날 제대로 농락하는구먼. 그저 이렇게 한 번씩 생각이 날 때마다 그날 일어났던 일을 장난처럼 적는다네. 내가 뭐 대단한 학자는 아니지만, 살아오면서 깨달은 바도 적지 않고, 그런 잡스러운 지식이랄까? 그런 것들을 아들에게 물려주고 싶네."

"의외로 낭만적이시군요."

"자네도 자식 낳아 보게. 그놈이 꼼지락대며 일어설 때부터 도통 눈에 밟혀서 일이라도 제대로 되는 꼴을 못 보네. 그래도 제법 건실하게 커서 다행이지."

"대장군의 뒤를 이을 재목으로 컸더군요. 아직 열다섯이라는 나이에 어울리지 않는 용력입니다. 크게 될 녀석이에요."

"하하, 자네가 그렇게 봐 주니 이거 기분이 좋군. 국방 수비대 총괄자가 그렇게 평했다면 그래도 쓸 만한가 보이?"

"가능성을 이야기하는 겁니다. 당장은 병력으로 쓸 수가 없습니다. 많이 부족한 것도 사실이지요."

"자네 은근히 사람 놀리는 기술이 뛰어나다는 거 아냐?"

"과찬이십니다."

"칭찬 아닐세."

"압니다."

대장군은 너털웃음을 지으며 일기를 마무리 지었다.

대장군과 수비대 총괄대장은 성의 외곽을 걸으며 대화를 나누었다.

"자네는 신이 있다고 믿는가?"

"믿습니다."

"오호, 의외로군. 무신론자인 줄 알았는데."

"신이 아니라면 세상을 이렇게까지 거지처럼 만들지는 못할 것 같거든요."

"푸하하! 종교인들이 들으면 자네 몰매 좀 맞을 걸세."

"부당한 이유로 국법에 대항했으니 참수를 명할 것입니다."

"……살벌한 소리를 그리 자연스레 하는 거 아닐세."

"그런데 갑자기 신을 언급한 이유가 무엇입니까?"

"이보게, 친구. 나는 말일세. 사실 자네가 말했던 바와 같이 거지처럼 돌아가는 세상을 구원하기 위해 신이 보낸 전령일세. 흔히 말하는 영웅이라, 이 말이지."

"그렇지 않아도 어제 약주가 과하다고 생각했습니다. 국성 외곽에 국물 잘하는 집이 있습니다. 가시죠."

대장군은 너털웃음을 지었고, 수비대의 총괄자역시 미소를 지었다.

"사실 어제 술을 마시면서 자네가 했던 이야기가 워낙 흥미로워서 말이야. 정말 신이 있기는 한 것인지, 궁금했었어."

"아, 화신에 대한 이야기 말입니까?"

"그러하네. 세상에 자네는 별별 지식을 다 가지고 있더군."

"역사서를 많이 보게 되면 그 정도 지식은 누구나 가질 수 있습니다. 몸만 쓰지 마시고 책을 읽으십시오. 독서는 좋은 습관입니다."

그렇게 둘은 티격태격하며 맛난 국밥을 먹기 위해 총총걸음으로 성을 나섰다.

그리고 대장군의 서재.

그가 썼던 일기들이 한순간 불어온 바람으로 촤르륵 넘어갔다. 이내 잠잠해진 바람은 일기의 한 장을 보여 주었다.

육십 년 만에 한 번씩 피어나는 신령스러운 꽃.

신의 다른 이름으로 세상에 모습을 드러내는 화신(花神)은 지각없는 무지한 동물이 취하게 될 경우 잊힌 존재를 깨어나게 할 것이고 지각 있는 자가 취하게 될 경우 영원한 젊음과 영원한 삶을 영위할 수 있을 것이다.

그러나 애초에 지각없는 동물에게는 이성이 없으니 가능성 역시 존재하지 않으며 식물이라면 신에 대응하는 꼴이 되기에 그 역시 가능하지 않다.

섭취를 한다면 오로지 지성이 깨어 있는 존재, 용이나 귀신, 인간만이 가능할 것이다.

하지만 화신 또한 신의 일부, 신의 일부를 섭취하면서 신성을 가진 신의 일부가 되는 것이 마냥 기쁘게 받아들일 일은 아닐 것이다.

화신이 깨어나게 될 때는 그만한 표식을 세계에 알리게 될 것인 즉, 억압하지 못한다면 화신은 다시 그림자 속으로 숨어들리라.

그러나 함부로 판단하여 화신의 분노를 사는 일은 없어야 할 것이다.

화신의 신성은 세계의 끝, 하얀 몸으로 자신을 치장한 생사신의 존재와 이어졌으니 평생 태어난 곳에서 짓밟히길 원하리라.

신은 죽지 않는다.

다만 전이될 뿐이다.

그렇지만 화신이 짓밟혀서 생사신에게 돌아가는 순간, 세상은 생성의 화살에서 멸망의 화살로 색깔을 바꾸게 되리라.

그다지 매력적이지 못한 이와 같은 상황은 결국 화신을 짓밟은 종의 멸망을 향해 달려 나가게 될 것이다.

그러나 절망하지 말라.

이 또한 신의 섭리 속에 포함된 것이리라.

운명은 운명 속에서 돌아간다.

세계에 모습을 드러내어 눈으로 볼 수 있는 신의 의지는 실상 보이지 않는 세계의 조화를 향해 끊임없이 달려간다.

—판주아 마지막 대장군과 수비대 총괄자의 대담······ 그리고 대장군이 마지막으로 적은 일기의 종장—

"자, 재미있었지?"

하얗게 샌 머리로 유쾌하게 말하는 노학자를 향해 어린아이들은 박수를 쳤다.

어린아이들 입장에서는 너무나도 흥미로운 이야기였고, 이야기를 이끄는 노학자의 언변 역시 유쾌하고도 강렬했다.

노학자의 눈동자에 훈훈한 분위기가 드리워졌다.

지금은 어린아이들이지만 조금만 크면 놀라운 학식을 가진 학자가 되어 세상을 향한 발전에 이바지하게 될 아이들은 새롭게 세워진 현자성의 보물들이었다.

자신은 이미 퇴물이 되어 지식의 전파만을 위해 살아가고 있으니 이 또한 의미 있는 일이 될 수 있을 것이다.

그러나 학자로서 가진 포부가 있었기에, 한줄기 쓸쓸함이 맴도는 것은 별 수 없었다.

그는 늙어서 잘 보이지도 않는 눈으로 아이들을 바라보았다.

재잘거리며 방을 나서는 아이들.

그 만개한 꽃과 같은 싱그러움은 보고만 있어도 힘이 난다.

노학자는 피식 웃었다.

그는 고개를 저으며 침침해진 눈을 감았다.

정말 나이가 많이 먹기는 먹은 모양이다.

촛불 몇 개를 틀어 놓고 반 시간 동안 이야기를 나누는 것만으로도 뭔가 지치고 눈이 아팠다.

"고르고. 치료할 시간이에요."

밤에 가장 왕성하게 활동하며 지닌바 신비로운 힘을 만인의 행복을 위해 사용한다는 귀신들.

고르고에게 붙은 귀신은 무려 이십 년 동안 그의

양팔을 치료해 주며 보살펴 준 도로이였다.

도로이는 보통 사람 정도의 체구를 한 귀신으로 서른 정도의 나이를 가진 미모의 여인이었다.

그녀는 허공을 붕 날아와 고르고의 앞에 섰다.

고르고는 눈을 끔뻑이며 미소 지었다.

"항상 저 때문에 고생이 많습니다."

도로이는 그저 부드러운 미소를 지으며 그의 양팔을 쓰다듬었다.

반투명한 그녀의 손길이 지날 때마다 고르고의 양팔에서는 희미한 빛이 났다.

그렇게 얼마나 지났을까.

도로이가 가볍게 한숨을 쉬었다.

"거의 완치는 되어 가네요. 하지만 신경과 근육이 워낙 많이 상하고 뼈가 뒤틀려서 예전처럼 왕성하게 사용하지는 못할 것 같아요."

"괜찮습니다. 이제 나이 육십이 넘었는데 뭐 좋다고 빨빨거리면서 다니겠습니까? 늙은이는 그냥 이렇게 살아도 괜찮아요."

말을 마친 고르고는 머쓱한 듯 머리를 긁적였다.

"이것 참, 많은 생을 사는 귀신 앞에서 늙은이

라고 하니 민망하군요. 기분 나쁘시더라도 이해해 주십시오. 요즘 제가 정신이 왔다 갔다 합니다."

도로이는 푸근한 미소를 지었다.

그녀의 미소는, 비록 귀신이라지만 사람의 마음을 잔잔하게 만드는 힘이 있었다.

"그런 생각 안 하니까 걱정하지 마세요. 오히려 재미있어서 좋은 걸요? 어쨌든 인간과 귀신의 수명은 다른 법이니까요. 저한테도 고르고는 한참 어른이에요."

"푸핫. 그건 좀 안타깝네요. 이왕이면 젊은 게 좋은데 말이지요."

둘은 화기애애한 분위기를 연출하며 이런저런 이야기를 나누었다.

보통 이야기를 이끄는 쪽은 고르고였고, 도로이는 그의 말을 잘 경청하면서 간간히 미소로 화답하여 고르고의 기분을 좋게 하였다.

하지만 아무리 기분이 좋아도 일말의 외로움은 놓칠 수 없는지 항상 고르고의 눈가에는 미약한 아픔이 남아 있었다.

도로이는 그것이 안타까웠다.

지금 고르고가 무엇을 아파하는지, 또한 그것이 어떤 사건에서 기인한 것인지 알기 때문이다.

도로이는 손을 뻗어 고르고의 손을 잡았다.

"외로움이라는 감정은 삭히면 삭힐수록 병이 된답니다. 하루 빨리 털어 내든지 그도 아니라면 외로움을 공유할 만한 사람을 찾는 게 좋겠지요."

고르고는 살짝 눈을 떴다가 이내 희미한 미소를 지었다.

"그렇게 잘 보이던가요?"

"네. 무척이나 잘 보여요. 고르고는 자신의 감정을 잘 숨기지 못하는 사람이잖아요?"

"그랬군요. 민망합니다, 그려."

"과거 그때의 기억 때문인가요?"

일순 고르고의 눈꺼풀이 파르르 떨려 왔다.

하지만 약한 마음 때문에 눈물을 자주 흘렸던 과거의 그와는 달리 그는 용케도 눈물을 참고 있었다.

세월의 힘은 사람을 단단하게 만들어 준다.

그 격언이 고르고에게도 예외는 아닌 것이다.

그는 과거의 그때, 그야말로 신화 속에서나 나올 것 같은 그때의 날을 생각했다.

‡　　‡　　‡

쿨리아의 치료로 인해 겨우 눈을 뜰 수 있었던
고르고는 슬쩍 주위를 둘러보았다.

그야말로 초토화가 되어 버린 분지는 도무지 자
연의 분노로 인해 생성된 것이 아니라면 생각지도
못할 참혹함으로 만인을 대했다.

부서지고 녹고 박살 난 땅은 이렇게 드넓음에도
너무 애처로워 보였다.

"고르고, 정신을 차린 거요?"

가장 먼저 그를 반긴 것은 몰란덱의 반가운 얼굴
이었다.

고르고는 희미하게 웃었다.

"……몰란덱."

"제기랄! 일어날 거면 빨리 일어날 것이지, 누
가 약골 아니랄까 봐!"

투덜대듯 고개를 치운 몰란덱이었다.

고르고는 자신이 분명 많이 아픈 것이라 생각했다.

그래서 잘못 본 것이라 생각했다. 왜냐하면, 몰

란덱은 눈물을 흘리지 않는 사람이니까.

"고르고, 정신이 들어요?"

다리 부분의 의복이 전부 탔지만, 그래도 크게 다치진 않았는지 붕대를 감은 모습에선 여유가 있었다.

아무르의 걱정스러운 눈빛에 고르고는 고개를 끄덕였다.

"2교장님도 괜찮으시고요?"

"나야 괜찮죠! 당신이야말로…….."

순간 고르고는 퍼뜩 생각난 것이 있어 눈을 크게 떴다.

"잠깐!"

"네?"

"바한! 바한은 어디에 있어요?! 바한은 어떻게 되었냐고요?"

힘만 있었다면 멱살이라도 잡을 분위기였다.

아무르는 그의 모습을 보며, 처음 광한수림에 재회했을 때 자신을 떠올렸다.

그녀는 고르고의 멱살을 잡으며 댕갈송이는 어쨌냐고 광적인 타박을 놓은 전적이 있었다. 그것도 추억이라면 재미있는 추억이었다.

하지만 그녀는 웃을 수 없었다.

그녀의 우울한 눈이 고르고의 왼편을 향했다. 동시에 고르고의 시선 역시 홱 돌아갔다.

그곳에는 바한이 편안한 자세로 앉아 있었다.

얼굴이 창백하고 눈에도 힘이 없었지만 그래도 무사해 보였다. 그리고 그의 뒤, 쿨리아가 유독 창백한 안색으로 시립해 있었다.

그와 그녀의 안색은 어쩐지 비슷했다.

"고르고. 일어났습니까?"

힘이 없는 목소리였다.

평소의 바한은 아니었지만, 고르고는 반가움에 울컥 눈물을 흘렸다. 힘이 없어서 눈물을 닦지도 못했지만 그는 그렇게 울었다.

"바한. 살아 있었군요?"

바한의 입가에 묘한 웃음이 지어졌다.

조금은 딱딱하지만 분명 미소라고 생각되는, 그런 미소였다.

그렇다.

이 미소를 보고 싶었다.

누구에게나 친절하고 누구에게나 차갑지만, 동시에 누구보다도 믿음이 가고 착했던 바한만의 미소.

몰란덱과 아무르도 그의 미소를 보며 마주 웃었다.

"아무래도 살아 있을 수밖에 없었습니다. 그때의 마지막을 마지막이라고 생각하기에는 뭔가 억울했습니다."

고르고는 우는 와중에도 갸우뚱했다.

그제야 그는 바한의 마지막 인사라는 것이 꿈속에서 자신에게 부탁했던 그때의 상황을 얘기하는 걸 깨달았다.

그의 표정이 환해졌다가 이내 급속도로 무너져 내렸다. 고르고는 설마 하는 눈으로 바한을 바라보았다.

"미련을 남기지 않고 떠나는 게 좋은 이별이라 한다지만, 그래도 깊은 정을 나누었던 사람들과의 만남은 아무리 많아도 나쁠 것 없다는 생각에 남았습니다."

"바한, 그게 무슨 말이에요? 괜히 불안하

게······."

바한의 시선이 몰란덱에게 향했다.

몰란덱은 입술을 깨물며 큰 눈으로 바한과 시선을 마주했다.

바한의 눈동자가 자애와 자비, 그리고 정을 담고 있었다면 몰란덱의 눈동자는 필설로 형용하기 어려운 슬픔과 끊어 내지 못할 정만을 담고 있었다.

"몰란덱."

"말하시오."

"덕분에 많이 놀라고, 많이 감탄하고, 많이 감격했습니다. 그대의 도끼가 부디 수많은 약자들에게 희망의 상징이 되기를 기대합니다. 지금처럼, 당신의 확실한 주관과 무너지지 않는 깊은 정으로 세상과 싸우기를 고대하겠습니다."

몰란덱은 고개를 숙였다.

전무후무할 최강의 전사 몰란덱은 바한을 향해 극도의 경의를 표했다.

바한이 아니었다면, 더욱 끔찍한 사태로 인해 인류가 멸망하진 않았어도 태반이 죽어 나갔을 것이다.

인간으로써 존경심이 들었고, 친구로서 고마웠

으며, 자신을 믿어 준 동료로서 감사했다.

이런 사람과 함께 세파를 거치고 나아갈 수 있었다는 사실이 자랑스러웠다.

"나 역시, 당신과 함께할 수 있어서 영광이었소. 당신은 내 이전의 인생에도 없고, 이후의 인생에도 없을 최고의 친구였소. 부디 잘 가시길 바라오."

바한은 싱긋 웃었다.

이번에 그의 시선이 아무르에게 닿았다.

아무르의 눈빛 역시 몰란덱의 그것과 다르지 않았다.

특히나 그의 과거가 얼마나 비참했는지, 신의 영역에서 직접 바라봤기 때문에 그녀의 눈빛은 더욱 안타깝고 슬플 수밖에 없었다.

"아무르."

"네, 바한."

"놀라운 직관력과 끊임없이 솟구치는 호기심으로 무장한 천재적인 여학자인 당신은 알 겁니다. 세상은 책장 안에서만 볼 수 있는 것이 아닙니다. 당신의 놀라운 지식과 힘을 세상을 향해 써 주시길 바랍니다. 세상에는, 아직도 당신이 알지 못하는 신비한 경험들이 많을 겁니다."

아무르는 애써 미소를 지으며 고개를 숙였다.

어찌 보면 몰란덱보다도 딱딱하다 할 수 있는 그
녀의 허리는 기어이 최고의 성자를 향해 굽어지고
야 말았다.

그의 희생은, 제아무리 악에 물든 사람의 허리라
도 굽히게 만들 정도로 숭고하였다.

"당신도…… 조심히 가세요. 부디 가시는 길에
행복만이 함께하길 빌겠어요."

마지막으로 바한의 시선이 고르고에게 다가갔다.

고르고는 말하지 않아도 깨달을 수 있었다.

이것이야말로 진정한 마지막이었다.

그들과 바한의 인연, 천 년의 시공을 넘나들어
만난 초인과의 인연이 여기서 끊어지게 된다.

바한을 보며 많은 것을 배웠고, 많은 경험을 했다.

목숨을 잃을 뻔한 적도 많았지만, 그에게 구함을
받은 적도 많았다.

그는 어느새 바한을 자신의 스승으로 여겼다.

그만큼 바한은 고르고에게 많은 것을 깨우치게
만들어 준 사람이었다.

그러나 그것은, 꿈속에서처럼 바한 역시 마찬가지였다.

몰란덱을 보며 감탄과 놀라움으로 신비로웠고, 아무르를 보며 방대한 지식과 직관에 신비로웠다면, 고르고는 그저 고르고라는 인간 자체에 대해 감동하였던 바한이었다.

비단 이번 생에서 처음으로 만난 사람이 고르고여서가 아니었다.

고르고는 바한에게 인간의 모든 걸 가르쳐 준 사람이었고, 고르고 역시 바한에게 돈으로도 살 수 없는 귀중한 경험과 추억, 스승에게서도 받을 수 없는 정과 힘을 받았다.

고르고의 눈에 더욱 짙은 눈물이 터졌다.

"고르고."

"네, 네?"

"울지 마십시오."

울지 않을 수 없는 이별의 순간이었다.

고르고는 기어코 대성통곡했다.

그를 보며 몰란덱과 아무르 역시 울고, 바한의 뒤에 시립한 쿨리아 역시 고개를 돌려 버렸다.

유일하게 울지 않는 바한은 부드러운 목소리로 고르고에게 말했다.

　"내가 정신을 차린 이후 처음으로 만난 사람이 당신이라서 다행이었습니다. 못된 누군가였다면 여기까지 오지도 못했을 겁니다. 모든 것이 나에게서 시작되었고, 모든 것이 나에게서 끝났지만, 당신이 나의 인연 속으로 와 주지 않았다면 나는 돌이킬 수 없는 짓을 저질렀을지도 모릅니다. 이 고마움을 당신에게 모두 표현할 수 없음이 안타깝습니다."

　"크흐흑."

　"판주아 왕국이 세워지기 전, 고대 국가가 아직 멀쩡히 존재했을 때 유행했던 말로 회자정리(會者定離)라는 것이 있습니다. 사람의 인연은 만남과 동시에 헤어짐을 향해 질주합니다. 우리의 깊은 인연은 여기에서 끝을 맞이했습니다. 만남이 있으면 이별도 있는 것이지요."

　부드럽고 안온한 바한의 목소리 덕분에 고르고도 많이 진정이 되었다.

　그는 떨리는 눈으로 바한을 보며 애써 웃었다.

"영원히 볼 수 없겠지요?"

"볼 수 있습니다."

"네?"

"천 년에 이르도록 살았던 나는 깨달았습니다. 추억이란, 생각으로만 나타나는 잔영이 아닙니다. 똑바로 눈을 감고 바른 기억으로 일깨운다면 분명 나를 다시 만날 수 있습니다. 나 역시 추억을 통해, 같은 공간에 존재하지 않는 무수한 사람들을 만날 수 있었습니다. 당신이라고 불가능하지 않아요."

결국 기억과 추억으로 남겠다는 소리였다.

고르고는 더 이상 울지 않았다.

몰란덱과 아무르 역시 마찬가지였다.

그들은 최대한 밝은 얼굴로 바한을 보내 주기로 작정했다.

바한은 가만히 눈을 감았다.

"쿨리아."

"네, 대인."

"그동안 나 때문에 고생이 많았다."

"그동안 대인을 모실 수 있어서 영광이었습니

다."

그들의 대화는 그것으로 끝이었다.

하지만 누구도 그들의 대화가 짧다고 말할 수 없었다.

그들은 말로 하지 않고 눈과 눈, 분위기와 분위기로 서로를 읽어 낼 수 있었다.

흡혈귀 요괴인 쿨리아도 기어이 눈물을 뚝뚝 흘렸다.

하지만 그녀의 표정은 더없이 경건하여 뭔가 모순된 듯한 느낌을 주었다.

고르고는 그녀의 표정이 극한의 슬픔으로 이루어진, 망연자실의 얼굴이라는 걸 깨달았다.

"그대들의 앞날이 밝아지길 진심으로 기원합니다."

그 말을 끝으로 바한은 눈을 감은 채 움직이지 않았다.

아무리 신성에 트인 영혼이며, 존재 개념의 힘으로 움직였다지만 무려 천 년의 시간 동안 쓴 몸이었다.

아무르와는 경우가 다른 것이다.

천천히, 아주 천천히 바한의 몸이 흩어졌다.

눈으로 보이지도 않는 미세한 가루로 이루어진 것처럼 바한의 몸은 바람에 휘날려 그렇게, 환상처럼 사라졌다.

그의 뒤에 투명한 몸으로 서 있었던 모든 귀신들이 고개를 숙여 바한의 장례를 끝마쳤다.

어떤 위대한 존재에 대한 경의가 아닌, 불완전한 존재로 태어나 완전의 영역에 도달하여 인고의 시간을 견뎌 내면서까지 세상을 지키려 했던 한 인간에 대한 존경이었다.

그렇게 바한은 그들에게서 영원한 작별을 고했다.

‡　　‡　　‡

고르고는 결국 슬쩍 한 줄기 눈물을 흘렸지만 민망한 듯 떨쳐 내며 닦았다.

"이거 민망합니다. 역시 늙으면 죽어야지."

도로이는 그의 장난을 받아 주었다.

"호호, 늙은이라는 말 안 쓰기로 했잖아요?"

"도로이가 괜찮다고 했으니 계속 쓸 겁니다."

둘은 방긋 웃으며 잠시의 즐거운 대화를 마쳤다.

도로이는 천천히 창밖으로 사라지면서 고르고의 귓가에 들릴 수 있도록 바람을 담아 말했다.

귀신들만이 사용할 수 있는 특유의 기술 같은 것인데, 고르고는 아직도 그 길고 복잡한 명칭을 외우지 못했다. 아마도 건망증 때문인 듯싶었다.

"고르고, 혹시 그거 아나요?"

"무엇을 말입니까?"

"그때 바한이 말했잖아요. 회자정리라고."

"……그랬었지요. 회자정리."

"그런데 고대 국가에서는 회자정리 뒤에 꼭 따라오는 말이 있더라고요."

"그게 뭡니까?"

"거자필반(去者必返)이라고 해요. 갔던 사람은 반드시 되돌아온다는 뜻이지요."

고르고의 표정이 순간 멍해졌다.

도로이의 웃음소리 섞인 말이 마지막으로 그의 귀에 스며들었다.

"신수마부였던 바한의 노력도 노력이겠지만, 그

사건에서 신의 개입이 없었다면 그토록 깔끔하게 사건이 마무리를 지었을까요? 신께서는 그렇게 매정하신 분이 아니잖아요?"

‡　　‡　　‡

"분명 그렇게 말했습니다."

마흔의 나이로 세 명의 총교장 중 한 명이 되어버린 아무르는 마흔의 나이였지만, 아직까지도 젊은이들이 따라오지 못하는 미모를 자랑했다.

세월이 흘러 더욱 깊은 지혜와 경험으로 이지적이게 빛나는 그녀만의 생동적인 눈은 이미 달관의 경지를 엿보고 있었다.

그녀는 안경을 살짝 내리며 자신의 앞에 기세등등한 목소리로 연신 부르짖는 사람을 보았다.

여전히 볼품없는 외모에 비쩍 마른 몸을 한 사람은 현자성 최고의 괴짜 학자라고 알려진 고르고였다.

하얗게 센 머리와 깊은 주름이 이제 그를 세월의 흐름에서 잊혀져 갈 노인이라는 걸 당당히 보여 주었다.

아무르는 속으로 웃었다.

그동안 팔을 고치기 위해 이십 년간 단 한 번도 외부로 나간 적이 없었던 그였다.

잘못하면 평생 두 팔을 쓸 수 없다는 도로이의 말에도 고르고는 막무가내였다.

자신이 살아 있을 수 있는 이유는 오직 세상을 방랑하며 솟구치는 호기심을 풀어내는 것만이라고, 날 막는다는 건 날 죽이는 것과 다를 바가 없다며 그렇게나 소리를 질렀던 고르고였다.

그때 흥분한 그를 막기 위해서 수십 명의 학자가 달라붙었다.

그런 마른 몸에서 어떻게 그처럼 무자비한 힘을 뿜낼 수 있었는지에 대한 의문은 논외로 치고서라도, 분명 그의 광기에 가까운 바람은 놀라운 데가 있었다.

결국 아무르의 설득 아닌 설득에 그는 새로 재건이 된 현자성 바깥으로 나가지 못했다.

혹시나 부덕한 외적으로 인해 피해라도 입을까 걱정이 되었기 때문이다.

하물며 두 팔도 제대로 쓰지 못하는 사람이 아닌
가.

한동안 방랑벽을 고치지 못해 많이 괴로워했던
고르고였다.

이제는 세월이 흘러 많이 잠잠해진 사람이기도
했다.

하지만 아무르는 예전처럼 괴짜처럼 행동하며
묘하게 생기가 넘치던 그를 보지 못해 안타까웠다.

어쩌면, 평생 추억과 과거 속을 헤매다가 그대
로 떠나 버리는 건 아닌지 걱정되어 자주 말동무도
되어 주었다.

한데 오늘 문짝을 부술 듯이 나타나 도로이가 이
런 말을 했다며 어쩌구, 저쩌구 하는데, 그 내용은
기가 차서 말도 안 나오는 것이었고, 심지어 제대
로 알아듣지도 못할 말이었지만, 그래도 고르고가
이렇게 생기 넘치게 떠드는 걸 보니 기분이 좋았다.

물론 자신의 기분을 숨기는 데에 고르고보다 확
실히 능한 아무르는 못마땅한 눈으로 고르고를 흘
겨보았다.

"총교장의 집무실에서는 그렇게 떠드는 게 아니

에요. 진정하고 이리 와서 좀 앉죠?"

그제야 자신이 미친 화포처럼 날아들었다는 걸 깨닫고 고르고는 자리에 앉았다.

그러나 심장이 두근거리고 입술이 바짝 말라서 그는 도통 진정할 수가 없었다.

조용히 그 앞에 차를 놓은 아무르는 차분한 기색으로 앉았다.

"일단 차 좀 마시고 진정해요. 댕갈송이 차랍니다."

고르고는 손에 땀이 나는지 바지 부근에 질질 닦고는 차를 한 번에 들이켰다.

그리고 곧이어 그 차라는 것이 무척이나 뜨거웠다는 걸 깨닫고 허둥지둥 난리를 쳤다.

아무르는 거기까지는 내가 상관할 바 아니라는 듯 고아한 표정으로 차를 음미했다.

한참이나 버둥대는 걸 진정시킨 고르고는 반 시간을 투자해 겨우 진정했다.

아무르는 심유한 눈으로 고르고를 바라보았다.

고르고는 침을 한 번 꿀꺽 삼킨 이후 입을 열었다.

"도로이가 저를 치료해 준 이후에, 떠나기 전 해 준 말이 있습니다."

"아까 들어서 기억은 나요. 거자필반이라고요?"

"그렇지요! 거자필반! 거자가 필반이라! 그렇게 말했습니다. 정확하게 기억한다니까요? 고대 국가가 썼던 용어인데 지금에 와서는 많이 달라졌지만 그런 음이었습니다."

"그런데 그게 무슨 뜻인데요?"

"바한이 마지막 이별을 고했던 장소에서 직접 했던 말을 기억하나요?"

아무르의 눈길이 살짝 아련해졌다.

바한이라는 이름은 아무래도 냉정함으로 정평이 난 그녀에게조차 특별할 수밖에 없었다.

그녀는 나직이 고개를 끄덕이며 긍정했다.

"회자정리를 말하는 건가요? 만남이 있으면 헤어짐도 있다는 뜻의 고대 용어?"

"그렇습니다! 그런데 도로이 말이, 옛날 고대 국가에서는 회자정리라는 말 뒤에 따라붙는 말이 있다고 했습니다. 그게 바로 거자필반이라는 것이 지요!"

"그러니까 그 거자필반이라는 용어의 뜻이 뭔데요?"

"갔던 사람은 다시 돌아온다. 만남이 있으면 헤어지는 것 역시 당연히 도래하지만, 결국 갔던 사람은 돌아온다는 뜻이에요!"

아무르의 짙고 가느다란 눈썹이 한차례 꿈틀거렸지만, 그녀는 금세 진정했다.

물론 그 말의 의미만으로 놓고 바한을 대입하자면 충분히 흥분할 일이지만, 고르고는 아무래도 너무 많은 걸 바라고 있는 것 같았다.

"도로이가 당신의 기운이라도 북돋아 주기 위해서 한 말이겠지요. 뭐, 언젠가 그와 같은 사람이 나타나서 우리와 말동무를 해 줄 일은 있을 수 있겠지요. 그러니 너무 큰 의미는 부여하지 말아요."

"하지만 도로이가 그랬단 말입니다! 아무리 귀신이 친절한 종족이라지만 굳이 그런 말을 내 귀에다가 넣을 필요는 없었다고요! 분명 무슨 이유가 있어서일 거예요!"

아무르는 한숨을 쉬었다.

"고르고. 물론 나라고 그게 기쁘지 않겠어요?

바한이 돌아온다면 정말 기쁠 거예요. 당신도 알잖
아요? 바한이 돌아와서 기뻐하지 않을 사람은 없
어요. 하지만 바한은…… 죽었잖아요? 우리의 눈
앞에서 죽은 사람이 다시 살아 돌아온다는 말은 이
치에 맞지 않고 상식에도 맞지 않아요. 그가 배신
과 복수의 개념을 안고 살아온 존재라 할지라도,
아니, 그가 그런 개념들을 몸에 새겼기 때문에 더
더욱 이치에 맞는 일을 행하지는 않을 겁니다. 설
령 신의 배려라 할지라도요."

고르고는 잠시 주춤했지만 이내 다시 열성을 내
었다.

"전 도로이를 믿습니다. 그녀는 나의 성격을 알
아요. 무려 이십여 년간 날 치료해 줬으니까 누구
보다 친하고 날 잘 알거라고요! 거자필반이라는 거
창한 고대 언어까지 섞어 가면서 날 위로해 준다는
건, 결국 내가 희망을 품게 될 것임을 그녀는 안단
말입니다. 그렇다고 그녀가 헛된 희망을 품으라고
그런 말을 해 줄 리는 없어요. 분명 바한은 뭔가
신비한 수를 써서라도 우리의 앞에 모습을 나타낼
겁니다! 난 그렇게 확신해요."

고르고의 말이 맞다면 솔직히 그리 틀린 말은 아니었다.

실상 고르고의 성격을 파악하기는 삼 일을 굶은 사람이 눈앞에 식은 죽을 싹싹 긁어서 핥아 먹는 것만큼이나 쉬운 일이었다.

그는 상상 이상으로 똑똑하고, 누군가 생각지 못할 엉뚱한 창작 활동까지 하는 이였지만, 동시에 너무나도 단순해서 학자라 생각하기 어려울 때도 많았다.

심지어는 조금 바뀔 만도 한 그의 성격은 나이를 먹어도 조금 차분해졌다 뿐이지, 도통 바뀔 생각이 없었다.

아무르는 그와 생활하면서 정확하게 이틀 만에 그의 성격을 파악했다.

불완전한 인간과는 달리 완전에 도달하여 지혜가 충만하고 세상의 조화를 위해 힘썼다는 귀신의 일족인 도로이라 하여 고르고를 모를 리 없었다.

너무나도 자상한 그 귀신은 고르고를 잘 다독여 주었고, 동시에 잘 이끌어 준 고마운 존재였다.

그녀가 고르고를 모를 리 없었다.

하지만 그것은 말 그대로 감성의 문제일 뿐이었다.

"고르고. 너무 희망을 가지진 말아요. 희망은 거대해질수록 맞이하는 절망의 크기는 커질 수밖에 없다고요. 잘 알잖아요? 이치에 맞지 않는 일은, 일단 접어 두는 게 좋아요. 설혹 나중에 그와 같은 놀라운 일이 발생했다 하더라도 그때 놀라면 되지 당장에 희망을 과대 포장해서 굳이 아프지 않을 곳까지 아파진다면, 그건 너무 스스로에게 미안한 일이잖아요."

이성적으로는 그녀의 말도 맞았다. 하지만 세상이 어찌 이성으로만 판단될 것이고, 감성으로만 판단될 것인가.

그녀의 말은 지극히 옳았지만 고르고에게만은 옳지 않게 다가왔다.

아니, 옳았지만 어쩌면 그것을 믿고 싶지 않았을지도 모르겠다.

"아니요! 도로이는 분명 뜻이 있었을 겁니다. 난 확신해요. 아무르도 알잖아요? 과거 귀신은 사람들의 길흉화복(吉凶禍福)을 점쳐 주는 존재로도 불렸어요. 난 그녀를 믿습니다."

철벽과도 같은 믿음이었다.

아무르는 자신이 어떤 이성적인 논리와 말투로 공격해도 저 믿음의 성이 절대로 무너지지 않으리라 생각했다.

그녀는 이내 헛웃음을 짓고 말았다.

물론 그가 돌아온다면, 그것처럼 재미있는 일도 없을 것이다.

재미있는 것을 떠나 놀라운 일이며, 유쾌한 일이고, 동시에 멋진 일이 될 것이다.

과거를 회상하며 술 한잔을 기울이고, 혹시라도 기회가 된다면 저 머나먼 곳으로 여행이라도 떠나고 싶었다.

하지만 아무르는 그와 같은 상상을 할 수 없었다.

이치에 맞지 않기 때문이다.

상상은 가능해도 실현 가능성이 있는지 없는지를 판단할 것이 첫 번째.

적어도 그녀에게는 그랬다.

"일단 들어가서 좀 쉬세요. 너무 흥분했어요, 고르고."

"잠이 오질 않아요. 이 기분으로는 절대로 잘 수 없다고요! 아! 어떻게 하지? 정말 바한이 돌아오는 건가?"

아무르는 약간 섬뜩해져서 고르고를 바라보았다.

지금 고르고의 눈은 어쩐지 사랑에 빠진 숫처녀의 눈과 비슷하게도 보였다.

'남색?'

물론 그건 아닐 것이다. 하지만 가능성은 있지 않을까?

웬 우스운 상상인가 싶어 아무르는 고개를 젓고 다시 차를 끓였다.

이런 고르고를 혼자만 내버려 두고 책만 읽을 수는 없었다.

과거 크나큰 전쟁, 자칫 잘못했다면 인간이 땅 밑으로 추락할 수도 있었을 그 전쟁에서 혁혁한 공을 세웠던 고르고였다.

일단 그런 걸 떠나서 그녀는 고르고의 몇 없는 친구였다.

나이 많은 친구인 고르고를 이렇게 홀로 내버려 두기엔 그녀의 마음이 편치가 않았다.

둘은 댕갈송이 차를 마시며 두런두런 이야기를 나누었다.

흥분에 젖어서 이리저리 팔을 휘두르던 고르고도 아무르와의 차분한 대화 덕분에 많이 수그러든 느낌이었다.

둘은 과거 그토록 강렬한 경험이었던 그때를 회상하며 웃음기 넘치는 대화로 유쾌함과 재미를 잡아 내었다.

그렇게 얼마나 지났을까?

문밖에서 수석 학사의 조심스러운 말소리가 들렸다.

"총교장님."

"왜 그래?"

"죄송하지만 손님이 오셨습니다."

"손님?"

그녀는 눈살을 찌푸렸다.

이미 밤이 깊은 시간이었다.

자정이 넘어가는 시간에 손님이라니, 온 손님도 일단 예의를 모르는 듯했고, 그걸 이쪽에 알리는 수석 학사의 정신 상태도 심히 의심스러웠다.

"도대체 누구인데 이런 늦은 밤에 찾아왔단 말이냐?"

그때 문이 덜컹 열렸다.

그래도 총교장이 머무는 집무실이라 문도 넓고 컸는데, 그 문이 꽉 낄 정도로 엄청난 덩치를 자랑하는 사람이었다.

심지어는 고개까지 숙이고 들어와서는 새하얀 이빨을 보이며 씨익 웃는 남자는 이제 희끗희끗한 머리카락을 사자처럼 풀어헤친 거친 야성미의 노인이었다.

등에는 무려 이 미터에 달하는 어마어마한 도끼를 매단 노인.

육십의 나이에도 아직까지 세상에서 가장 강력한 투쟁력을 자랑하는 전사로서 현재 희망의 성 성주의 직위를 맡고 있는 자유로운 전사의 영혼.

고르고와 아무르가 벌떡 일어났다.

"몰란덱!"

그는 다름 아닌 몰란덱이었다.

"아무르, 고르고. 잘 지냈소? 이거 얼굴 보기가 영 힘들어서 어디 쓰겠소?"

나이를 먹어 더욱 거칠어지고 굵어진 목소리였
지만, 그 유쾌함과 퉁명스러움이 묘하게 공존하는
분위기는 도통 바뀌지 않았다.

셋은 서로 얼싸안고 재회의 기쁨을 나누었다.

아무르는 아직도 얼떨떨한 얼굴로 물었다.

"아니, 몰란덱? 이 늦은 시간에 웬일로 여기까
지 왔어요?"

몰란덱은 피식 웃으며 말했다.

"참 아무르답소. 몇 년 만에 만났으니 술이라도
한잔 마시자는 얘기는 안 하고 그것부터 묻는 거
요?"

"궁금한 걸 어떻게 해요? 그리고 술부터 먹자는
것보다 어쩐 일로 왔는지 묻는 게 정상이에요."

몇 년이 지났으면서도 전혀 변하지 않은 아무르
의 성격에 몰란덱은 크게 웃었다.

역시, 세월이 지남에도 든든한 정을 자랑하는 친
구 사이는 이래서 좋은 법이다.

"일단 술이라도 한잔합시다. 이야기는 차차 해
도 되지 않겠소?"

고르고는 껄껄껄 웃었다.

"그러지요. 내 방에 다녀오겠습니다. 마침 기분 좋을 때 마시려고 구해 놓은 술이 있어요."

쏜살같이 달려온 고르고의 손에는 어느새 세 개의 잔과 한 병의 술이 존재했다.

물론 잔의 크기는 고르고와 아무르에게만 잔이었지 몰란덱에게는 한 잔 마실 때마다 감질만 나는 크기였다.

"좀 큰 컵 없소?"

"귀한 술이니까 그걸로 마셔요. 엄청나게 비싼 거라고요."

아무르의 타박에 몰란덱은 머쓱하게 어깨를 올렸다.

"그럽시다, 그럼."

셋은 웃으며 독한 술을 마셨다.

한 잔에 고르고와 아무르의 얼굴은 빨개졌지만, 몰란덱은 입맛만 다시고 있었다.

"그래, 무슨 일로 이 늦은 시간에 여기까지 왔어요?"

"뭐 무슨 일이 있어야만 오는 자리는 아니잖소?"

"솔직하지 못한 거 같은데요?"

몰란덱이 킬킬 웃었다.

"사실 남부를 횡단하고 올라오는 길에 저 멀리에서 식인 호랑이가 날뛴다는 소리를 들었소. 그냥 두고 보기에는 피해가 막심하더구먼."

"그 얘기는 우리도 들었어요. 이 구역 치안을 담당하는 법정성 병사들도 잡으려고 애를 썼는데, 워낙 영리한 놈이라서 그런지 아직까지 못 잡았다고 들었어요."

몰란덱의 육십대의 몸이라고는 상상할 수도 없는 우람한 팔 근육을 보란 듯이 꿀렁이며 말했다.

"그거, 내가 맨주먹으로 잡았소."

"네에? 식인 호랑이를요?"

고르고는 술잔을 기울이며 작게 중얼거렸다.

"호랑이가 임자 만났군."

도끼를 한 번 휘두르면 거의 인공적으로 자연재해를 일으킨다고까지 알려진 괴물 중에 괴물이 몰란덱이었다.

세상에서 동식물은 물론 인간까지 합쳐서 단일로 몰란덱을 어쩔 수 있는 존재는 아예 없었다.

심지어 십 단위 이상이 넘어가도 어쩔 수 없는 괴물이 몰란덱 아니던가.

옛날에는 무지막지한 크기를 자랑하는 거대 호랑이의 허리를 힘으로 반 접어 버린 인간이 몰란덱이었다.

아무리 거세게 날뛰는 식인 호랑이라 해도 초인이라 불리어야 마땅할 몰란덱을 당할 수 없었을 것이다.

"골통을 부수고 치안 병사에게 넘긴 뒤에 성으로 복귀하려는데, 그 중간에 현자성이 있지 않소? 조금만 돌아가면 되는데, 어쩐지 오늘 유독 보고 싶었다 이 말이지. 알겠소? 이렇게 사람 보고 싶으면 보러 다니고, 그러는 게 인생 사는 맛 아니겠소?"

호쾌한 말투였다.

고르고와 아무르는 웃어 버렸다.

정말 몰란덱다운 이유였다.

셋은 그동안 무슨 일이 있었는지, 어떻게 살아왔는지를 안주로 삼으며 술을 마셨다.

워낙 오랜만에 만난 친구들이라 그런지 시간 가

는 줄을 몰랐고, 그것은 유독 체력이 약한 고르고
역시 마찬가지였다.

　문득 고르고가 물었다.

　"고르고, 이번에도 쿨리아를 만났나요?"

　몰란덱은 굳은 얼굴로 고개를 끄덕였다.

　"아직 그곳에 있더군."

‡　　‡　　‡

　몰란덱은 저 먼 곳을 바라보았다.

　쥬마 고원, 한때 신의 권위를 찬탈하려던 존재와
신의 대리자들의 전쟁이 벌어졌던 땅이며 과거 판
주아의 왕실이 세워졌던 욕망과 폐허의 땅.

　초토화가 되었던 땅으로 역사학자들이나 고고학
자들이 찾아올 만도 했지만 망자들의 공격으로 인
한 피해가 너무 커서 그런지 아무도 이곳을 찾으려
하지 않았다.

　하지만 한 존재는 그곳을 지키고 있었다.

　나무들이 제법 무성한 곳에 움막 하나를 세우고
그 안에 사는 존재는…… 인간이 아니었다.

사람들이 패악의 존재라 멀리하는 존재.

수많은 이야기책에서 나오는 존재이며, 인간이 상상할 수 있는 가장 사악한 요괴가 그곳에서 살고 있었다.

그러나 몰란덱은 알고 있었다.

인간들이 그렇게나 무서워하고 멀리하며 저주했던, 현실에 진실로 존재하는지조차 의아해하는 부덕의 요괴는 실상 인간보다도 인간적인 존재였다.

태어남이 그러하여 무수한 존재들에게 공포로 인식이 되지만, 몰란덱이 본 흡혈귀는 절대 패악의 존재가 아니었다.

얼마나 인간적이냐면, 배신과 복수를 거듭하는 인간들과 달리 자신을 구해 준 존재를 위해 목숨을 걸었고, 동시에 주군이 죽었어도 곁에 머물러 마지막 가는 길을 이십 년이 넘도록 배웅하는 여린 존재였다.

씻을 곳도 없으면서 언제나 요염하고 깔끔한 모습을 자랑하는 쿨리아는 오늘도 언덕에 앉아 저 밑을 바라보았다.

언덕 밑은 이십여 년 전, 신화적인 전쟁이 일어

났던 곳으로 아직까지 초토화가 된 땅이 제대로 다
듬어지지 않고 있었다.

그야말로 역사가 새겨진 땅이라 할 수 있을 것이
다.

쿨리아는 뒤도 돌아보지 않고 말했다.

"몰란덱이야?"

"그렇소."

몰란덱은 자신의 무거운 무게감으로 인해 누군
가에게 몰래 접근할 수 있는 가능성이 거의 없다는
걸 알고 있었다.

그는 땅을 울리는 걸음으로 그녀의 곁에 다가가
앉았다.

쿨리아의 모습은 여전했다.

여전히 아름답고, 요염했으며 청초하기도 하였
다.

몰란덱은 조용히 투덜거렸다.

"이거야 원. 쿨리아 당신에게는 세월의 모진 바
람이 다가오지 않는 모양이로군."

"그게 마냥 좋은 건 아니야. 게다가 광한수림의
비틀린 섭리 속에서 나왔으니 나의 생도 너희처럼

금세 소멸을 위한 질주를 감행하고 있지."

요괴라고 무한정 살 수 있는 것은 아니었다.

쿨리아가 구백 년이 넘는 시간 동안 살아 있을 수 있었던 까닭은, 광한수림이 자체적으로 만들어 낸 최악의 감옥, 삼색림의 근본에 다다라 숲과 함께 숨을 쉬었기 때문이다.

결계에 갇히지만 않았어도 그녀는 몇 번을 죽었을 것이다.

몰란덱은 애써 고개를 저으며 툭 던지듯 말했다.

"언제까지 이곳에서 바한의 무덤을 지키고 있을 거요?"

"글쎄……."

"무려 이십 년이오. 이십 년 동안 먼저 간 바한의 무덤을 지키다니. 자신의 삶을 언제 살려고 하는 거요?"

쿨리아는 미소를 지었다.

여전히 차갑고도 요염하지만 어쩐지 묘하게 애달프기도 한 미소.

"흡혈귀가 세상에 나서 삶을 살아봐야 얼마나 대단한 삶을 살겠어? 또 인간들에게 공포로 군림

하며 돌멩이나 맞겠지. 난 지금이 좋아. 대인의 마지막이 깃든 곳에서 그분을 추억하고 그분과 함께 했던 과거들을 돌보는 것만으로도 충분히 행복해."

몰란덱의 얼굴에, 드물게도 안타까운 표정이 지어졌다.

"고르고와 아무르가 현자성에 있소. 아니면 나도 있으니 함께 여행이라도 하든지, 현자성에 눌러앉아 살든 해도 되지 않겠소? 왜 아무도 없는 이곳에서 고독에 떨며 사는 거요?"

쿨리아가 고개를 저었다.

"삼색림에서 살았던 것처럼 고독 속에 사는 게 아니야. 눈을 감고 생각을 하는 것만으로도 나는 이전과 달리 진정으로 살아 있음을 느껴. 나는 내가 원하는 삶을 살고 있는 거야."

"당신이 생각하는 것 외에 더 즐거운 삶도 있을 거요. 세상의 시선이 두려워 나서지 못하는 건 당신답지 않소. 한 걸음만 걷는다면, 당신 또한 신세계를 볼 수 있을 거요."

"의외로군. 그렇게나 날 걱정해 줄 줄은 몰랐는데?"

"동료니까 그러는 거요."

쿨리아가 다소 놀란 눈으로 몰란덱을 바라보았다.

몰란덱은 진지한 눈으로 저 멀리 바한이 산화했던 장소를 바라보고 있었다.

"동료를 걱정하는 건 당연한 거요."

쿨리아가 이내 피식 웃어 버렸다.

이전의 애달픈 미소와는 다르게 조금 힘을 얻은 미소였다.

"황송하군."

"황송해할 필요 없소, 당연한 거니까."

"당신의 진심은 알겠어. 하지만 그래도 난 이곳에서 살아갈 거야."

"바한도 당신이 이렇게 사는 걸 원하지 않을 거요."

"대인은 원하지 않아도 난 이곳에서 살 거야."

"왜 그렇소?"

"당신이나 고르고, 아무르 역시 대인을 잊지 못하겠지. 정말 좋으신 분이었고, 너희들에게 잊을 수 없는 기억을 준 사람이기도 하니까. 하지만 말

이야…… 인간이라는 존재는 아무리 착해도 '망
각'이라는 신의 선물을 받아 차츰 아픔도 추억도
잊어 가기 마련이야."

"망각……."

"망각은 신의 선물이야. 망각이 없으면 항상 과
거의 나빴던 기억들을 생생하게 떠올려야만 하지.
그건 저주야. 그러나 망각이라는 게 좋기만 한 것
도 아니지. 너희들은 과거처럼 생생하게 대인과의
일들을 기억해 내지 못해. 난 달라. 나는 그게 가
능해. 나는 그것만으로도 앞으로 죽을 때까지 살아
갈 수 있어."

쿨리아의 입가에 조금 더 짙은 미소가 어렸다.

"너희들은 그분과의 기억을 조금씩, 조금씩 잊
어 갈 거야. 하지만 나까지 그럴 수는 없어. 그건
대인에게 너무 가혹한 처사야. 내 생이 이어질 때
까지만이라도, 난 그분을 기억하며 살아갈 거야.
그분이 그걸 원치 않더라도 난 이렇게 살 거야."

절대로 흔들리지 않는 말투였다.

몰란텍은 뭔가 묘하게 반박하고 싶었지만, 그러
지 않았다. 여기서 더 말해 봤자 쿨리아의 마음만

다치게 할 것이라는 걸 본능적으로 깨달았기 때문
이다.

몰란덱은 쿨리아와 함께 저 멀리 저주받은 땅을
바라보다가 한마디 툭 던졌다.

"쿨리아."

"왜?"

"그래도 한 번쯤은 현자성에 들르시오. 우리는
모두 바한을 추억하고 있소. 당신이 그러하듯이.
하지만 말이오, 우리는 바한만을 생각하면서 살지
는 않소. 그의 고마움과 강렬한 추억을 잊는 게 아
니라 우리가 살아가야 할 방향이 있기 때문이오.
그건 당신도 있을 거요."

"아까 말했지만……."

"그러니 가끔이라도 현자성이나 희망의 성에 들
러 주시오. 술을 마시는지 모르겠지만, 된다면 차
라도 대접하리다."

쿨리아의 눈동자가 커졌다.

그녀는 가만히 몰란덱을 보다가 크게 웃었다.

"좋아. 일 년에 한 번쯤은 들를게."

"그렇게 하시오."

‡　　‡　　‡

"그랬단 말이죠."

쓸쓸한 대화였다.

고르고와 아무르는 묵직한 분위기에 숨이 막혔지만 그것을 감수했다. 그들의 추억에서 쿨리아가 차지하는 비중이 결코 적지 않았다.

아니, 그때 함께 했던 모든 이들과의 추억은 동일하게 소중했고 동일하게 깊었다.

이십 년이 지나면서도 여전히 대륙을 방랑하며 수많은 사람들에게 웃음을 주는 모아라, 망자의 거병으로 인해 피폐해진 민심은 그녀 덕분에 많은 회복을 하였다.

산신성으로 돌아간 가빌라의 소문은 잘 들리지 않았지만, 그래도 제법 좋은 수완으로 이전의 성세를 구축하고 있다고 들린다.

모두가 잘 살고 있다.

모두가 좋은 추억이었고, 좋은 동료였다.

"에이, 일단 한잔하시죠. 술자리가 재미없으면

술 마시는 이유가 없어요!"

고르고의 유쾌한 목소리가 서글픈 분위기를 날려 버렸다.

그렇게 다시금 이어지는 술자리.

억지로 끌어 올린 분위기였지만, 시간이 지날수록 농도는 짙어져만 갔다.

셋은 웃음을 터트리며 지난날을 추억하였다.

술자리가 시작하고 나서 이제 본격적으로 이야기 좀 해 볼까 싶자, 어느새 동이 터 오고 있었다.

그간 묻어 둔 이야기도 많았고, 추억거리도 많았다.

이야기가 나오면 살이 붙고, 살이 붙은 이야기를 해체하며 다시 살이 붙는다.

이래서 술자리는 좋은 것이라며 몰란덱은 껄껄 웃었다.

하지만 아무래도 날을 새면서까지 마신 술은 즐거움 하나만으로 이겨 내기에 그들의 나이가 적지 않았다.

몰란덱은 여전히 혈기가 왕성했지만, 고르고와 아무르는 이내 취해서 곯아떨어져 버렸다.

몰란덱은 피식 웃으며 자신도 의자에 앉아서 그냥 누워 버렸다.

그렇게 얼마나 지났을까.

수석 학사의 외침이 다시 한 번 들려왔다.

"총교장님?"

"으음."

"총교장님!"

아무르는 부스스한 얼굴에 한껏 피곤과 짜증을 담아내며 일어났다.

눈곱도 끼고 머리카락도 사방으로 뻗쳤지만, 그래도 그녀만의 미모는 빛나고 있었다.

"왜 불러?"

"귀족성 성주의 추천서를 받아서 온 사람이 있습니다. 제 2교장 소속으로 들어가고 싶다는 학자인데요? 아무래도 추천서를 준 사람이 사람이다 보니 총교장님께서 직접 보셔야 할 것 같습니다."

아무르는 얼굴에 한 겹 더 짜증을 씌웠다.

귀족성의 성주.

도대체 언제 죽으려는지 백사십 년을 살아남은 그는 예전처럼 야망이 넘치진 않았지만, 여전히 독사 같은 혓바닥과 괴이한 성격으로 유명했다.

그의 절반만 살아도 나이가 칠십이다.

달변령은 몰란덱과 다른 의미로 괴물이라 불릴 만했다.

망자들의 무자비한 공세가 있었던지 정확하게 이십일 년.

세월이 지나면서 한 번씩 치매기가 돌아 괴이한 짓도 많이 한다고 들었다.

하지만 정상일 때 그의 업무 처리 능력이라든지 여러 가지 수완 등은 세상 누구도 따라오지 못할 정도로 대단했다.

현자성 역시 성을 재건하기 위해서 어쩔 수 없이 귀족성의 도움을 받아야 했고, 당연히도 꼴 보기는 싫지만, 그의 추천서라면 마냥 무시할 수 없었다.

그래도 그렇지, 두 명의 총교장이 더 있는데 왜 자신한테 왔는지 수석 학사의 머리통을 한 대 때리고 싶은 그녀였다.

"내가 나갈…… 아니다. 들여보내."

"들여보냅니까?"

"같은 말 두 번 하랴?"

"아, 옙! 알겠습니다."

짜증 어린 말투와 바짝 군기가 잡힌 말투 때문에 몰란덱과 고르고도 잠에서 깨야만 했다.

그들은 창밖에서 흐르는 강렬한 태양빛 때문에 얼굴을 한껏 찌푸리며 한숨을 쉬었다.

그들의 숨결에 가득한 술 냄새는 의외로 청아했는데, 그만큼 좋은 술이라는 뜻이리라.

"무슨 일입니까, 아무르?"

"달번령 그 괴물 늙은이 추천서를 받은 사람이 왔대요. 무슨 2교장 소속이 되고 싶다나, 뭐라나."

"그래요?"

2교장이라면 한때 아무르와 고르고가 소속되었던 곳이었다.

보통 학문을 파는 교장 소속과 달리 2교장은 연구회를 준비하거나 학자들을 위해 논문을 준비, 설파하는 곳으로 유명했다.

"또 어중이떠중이 받는 건 아닌가 모르겠네."

투덜거리는 아무르.

그때 커다란 문이 슬며시 열렸다.

"들어와요."

집무 의자에 앉아 안경을 쓴 아무르의 얼굴이 문 쪽을 향했다.

그리고 그녀는 곧이어 경악할 만한 체험을 하게 되었다.

눈동자는 거의 접시처럼 커졌고, 입은 성인 주먹이 들어갈 정도로 쩍 벌어졌는데 누가 봐도 놀라움이 극에 달했다는 표정이다.

그것은 음? 하며 흐린 눈으로 문을 보았던 고르고라고 다를 바 없었고, 몰란덱은 딸꾹질까지 했다.

그곳는 한 명의 사내가 있었다.

현자성 특유의 헐렁하면서 활동하기 좋은 의복을 입고 있었던 사내는 보통 남자보다 머리 하나는 더 큰 키를 가진 사내였다.

학자를 하기에는 몸도 너무 좋아서 어지간한 돌 덩이도 들 것만 같았다.

눈은 크지도 작지도 않았지만, 밤하늘의 별무리가 새겨진 듯 오묘한 빛을 발했는데, 그것이 사내 특유의 매력을 발산하고 있었다.

그러나 그의 표정은 거의 무표정에 가까워서 누
가 쉽게 다가갈 인상은 되지 못했다.

집무실 안에 묘한 정적이 일었다.

끼이익, 소리와 함께 닫힌 문이 아니었다면 언제
까지고 그렇게 서 있었을 것이다.

이제 이십대 초반이나 되었을 법한 사내는 천천
히 고개를 숙여 인사했다.

"안녕하십니까? 달변령 성주의 추천서를 받아서
온 바르한이라 합니다."

"바, 바르한이라고?"

그들이 놀란 이유는 명백했다.

바한, 그의 얼굴과 너무나도 닮았다.

바한, 그의 분위기와 너무나도 닮았다.

심지어 바한…… 그의 눈빛과도 너무나도 닮았
다.

세상에 사람이 많아서 닮은 사람들도 하나둘 있
을 수 있겠지만, 절대로 이전의 바한과 같은 사람
은 없을 거라 생각했던 그들이었다.

그건 어찌 보면 당연했다.

천 년의 시간을 영위하며 무수한 삶을 살아온 바

한이 가지는 특유의 분위기는, 하나의 생을 살아가는 이들이 가질 수 없는 독특함이 있었다.

그런데 그런 사람이 나타났다.

바한이 조금 젊어진다면 분명 이런 얼굴을 하고 있으리라.

하지만 얼굴만 다를 뿐이지 눈빛과 분위기, 체구는 아주 똑같았다.

"바한이 아니라 바르한이라고?"

"예? 그렇습니다. 바르한이라 합니다."

바르한은 살짝 고개를 갸웃거렸다.

"숙취가 심하신 겁니까? 술 냄새가 많이 나는군요. 그게 아니라면 제 발음이 이상하다는 뜻인데 혹시 그렇다면 말씀해 주십시오. 고치겠습니다."

어쩌면 말투까지 꼭 닮지 않았는가.

그제야 고르고는 깨달았다.

그가 먼저였고, 아무르와 몰란덱은 다음이었다.

천 년의 시간 동안 고통 속에 살았으면서도 인간의 타락을 막기 위해 참아 왔던 바한.

인간으로 태어나 유일하게 신성으로 도달하여 배신과 복수의 계획을 흐트러트리고 신의 개입을 주도했으며, 세계의 조화를 위해 한 몸을 불사른, 역사에 없을 단 한 사람이 바한이었다.

비록 배신과 복수의 힘이 무너져 세월의 흐름에서 비켜 가지 못해 가루처럼 휘날려 소멸되어 버린 바한의 육신이었지만, 그가 가진 그만의 인성, 그만의 신성은 소멸되지 아니하였다.

신의 배려인지 그는 이렇게 다시 환생해서 다가오게 된 것이다.

개념의 수는 사람의 수와 같다.

수많은 사람들이 죽어 갈 때 수많은 개념도 사라지면서 다시 태어나길 반복하는 것이다.

지성 있는 존재는 물론, 동물들까지도, 수많은 생을 반복하며 나고 자란다.

"바, 바한!"

"예?"

"바한이 왔어!"

"저기, 죄송한 말씀이지만, 저의 이름은 바르한이라고 말씀을 드렸습니다. 혹시……."

그는 더 이상 말을 이을 수 없었다.

고르고와 아무르가 힘껏 그를 안았고, 몰란덱이

그 모두를 안았다.

숨이 막혀 오는 걸 느끼며, 그러나 바르한의 표정은 어딘지 모르게 상기되어 있었다.

신성으로 트여 스스로 또 다른 개념으로 화해 버린 바한의 근본.

그는 그렇게, 후생을 얻어 이곳으로 도달하였다.

회자정리 거자필반.

만남이 있으면 헤어짐도 있다. 그러나 갔던 사람은 또 돌아오기 마련이다.

세상 대부분이 몰랐던 최악의 전쟁을 치렀던 네 명의 사람들.

그들은 그렇게 다시 재회의 순간을 맞이하게 되었다.

인류 최악의 전쟁이 일어난 지 정확하게 이십일 년째였다.

〈『신의 반란』 完〉

도서출판 뿔미디어 홈페이지 OPEN!!

안녕하세요.
지금껏 저희 뿔미디어를 응원해 주신
독자님들의 성원에 힘입어
이번에 새롭게 홈페이지를 오픈하였습니다.

저희 뿔미디어는 홈페이지에서 독자님들께서
보다 빠른 출간 소식과 미리보기 등
알찬 내용을 제공하기 위해 많은 노력을 기울였습니다.
또한 독자님들에게 도서 할인, 이벤트 등
다양한 혜택을 제공하고자 합니다.

저희 뿔미디어 홈페이지 오픈을 계기로
한층 더 독자님들과 가까워질 수 있는 기회가 되었으면 합니다.

보다 많은 관심과 사랑 부탁드리며,
앞으로도 더 좋은 컨텐츠 제공에 힘쓰도록 하겠습니다.

감사합니다.

-도서출판 뿔미디어 올림-

www.bbulmedia.com

누구나 작가가 될 수 있는 공간

끝없는 재미를 찾는 독자의 공간!
판타지&무협, 그리고 웹툰!
상상만으로 설레는 꿈의 시작!
스토리앤유에서 펼쳐집니다!

Grand Open

STORYNu

**"지금 내 손으로 말하고 있는
모든 이야기.
당신의 이야기를 기다립니다."**

2014년 4월 OPEN!
storynu.com

BBULMEDIA

http://www.bbulmedia.com